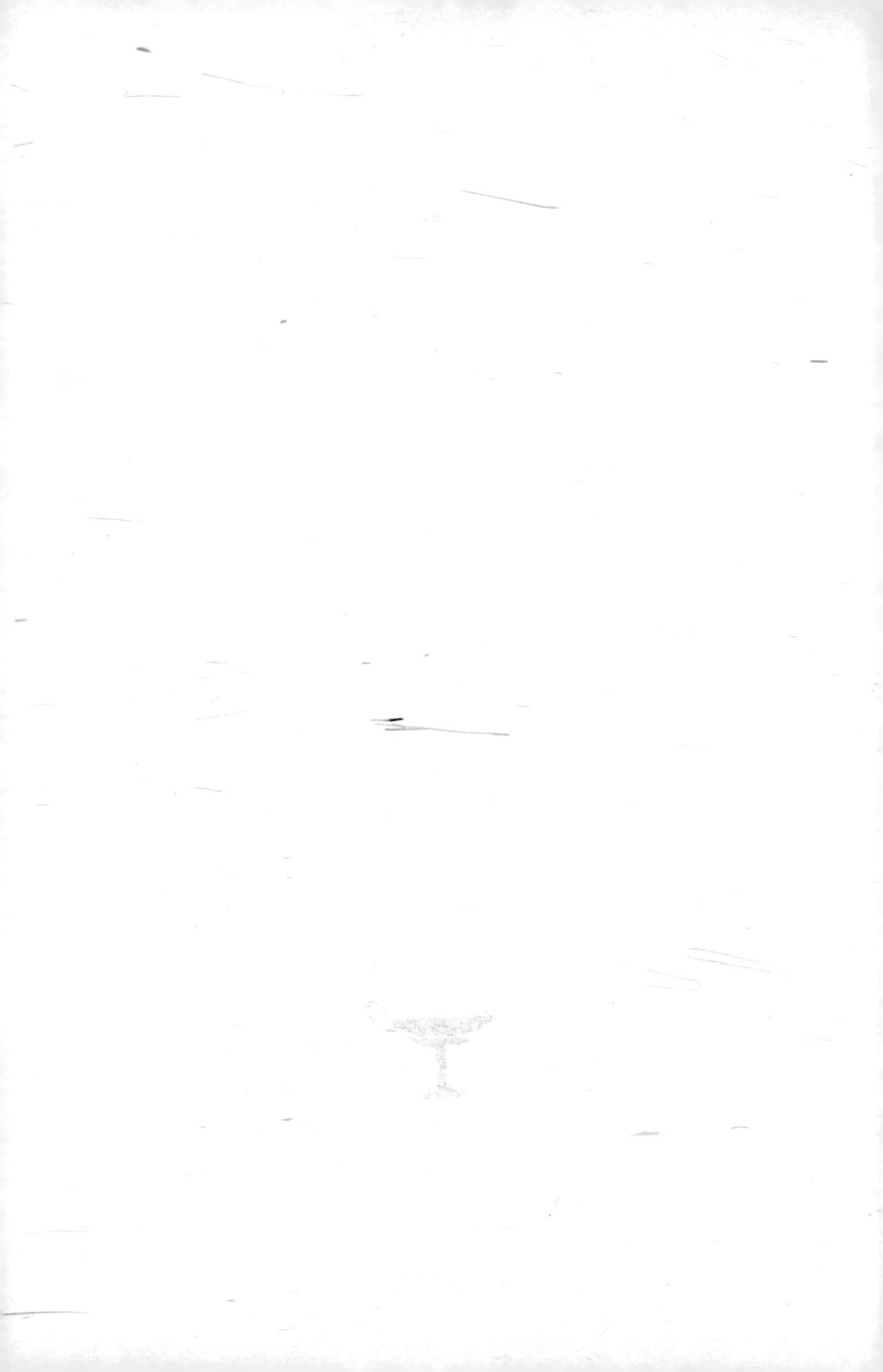

拾穗集

刘克定 著

暨南大学出版社
JINAN UNIVERSITY PRESS

中国·广州

图书在版编目（CIP）数据

拾穗集／刘克定著. —广州：暨南大学出版社，2018.12
ISBN 978 - 7 - 5668 - 1360 - 2

Ⅰ.①拾…　Ⅱ.①刘…　Ⅲ.①随笔—作品集—中国—当代
Ⅳ.①I267.1

中国版本图书馆 CIP 数据核字（2018）第 284407 号

拾穗集
SHISUI JI
著　者：刘克定

· ·

出 版 人：徐义雄
策划编辑：潘江曼
责任编辑：潘江曼
责任校对：邓丽藤
责任印制：汤慧君　周一丹

出版发行：暨南大学出版社（510630）
电　　话：总编室（8620）85221601
　　　　　营销部（8620）85225284　85228291　85228292（邮购）
传　　真：（8620）85221583（办公室）　85223774（营销部）
网　　址：http://www.jnupress.com
排　　版：广州良弓广告有限公司
印　　刷：佛山市浩文彩色印刷有限公司
开　　本：850mm×1168mm　1/32
印　　张：6.375
字　　数：134 千
版　　次：2018 年 12 月第 1 版
印　　次：2018 年 12 月第 1 次
定　　价：29.80 元

（暨大版图书如有印装质量问题，请与出版社总编室联系调换）

自序： 我的拾穗

当编辑，为人作嫁衣，是谦卑的工作。

既然入了行，就要怀着谦卑之心。

几十年为人作嫁衣，记下了一些感想，一些认识和收获。现在回忆起来，这些零散的文字，记录了我的足迹，又因为随写随忘，没有留存，也没有捆扎成册，很像丰收打场时遗落的穗子。

后来，我回首岁月，想起这些穗子，何不拾掇拾掇，感受它们的热乎、诚实与率真？虽然有些还不曾"熟透"，但泥香犹存，差可自珍，或甜蜜，或苦涩，饱含着我一生经历的辛劳、希望、喜悦和痛苦。

所有的收获，不可能颗粒归仓，特别是在丰年，遗穗尤显得不足道。

现在，愈来愈觉得，人生有太多的遗穗，应该去拾掇。虽然那些收获的岁月都已远去，但当我拾起它们，对着太阳，尚能看到往昔的沉淀……我轻轻抚摸，反复审视，也只有在这个时候，我才懂得它们的价值，谨慎地把它们安放在心的历史博物馆里。

我想到法国巴比松派画家让·弗朗索瓦·米勒的油画《拾穗者》（*The Gleaners*）和白居易的《观刈麦》，这些诗画给我们留下的印象，是很多年都不会磨灭的。米勒描绘了农村秋季收获后，人们从地里捡拾剩余麦穗的情景，人物形象真实生动，笔法简洁，色调明快柔和，凝聚着米勒对农民生活"粒粒皆辛苦"的深刻感受。法国文学家罗曼·罗兰评价米勒画中的三位农妇是"法国的三位女神"。

法国艺术评论家朱理·卡斯塔奈里也说："我看到三个弯腰的农妇正在收获过的田里捡拾落穗，这比见到一个圣者殉难还要痛苦地抓住我的心灵。它非常之美而单纯，独立于议论之外。"

这幅画不止一次触动我的灵魂，使我想到，只有为之付出智慧和汗水的劳作者，才会如此珍惜每一颗来之不易的果实。也只有深深体会劳动者的艰辛，才能精确、诚实地再现拾穗的场景。"田家少闲月，五月人倍忙。夜来南风起，小麦覆陇黄。……复有贫妇人，抱子在其旁，右手秉遗穗，左臂悬敝筐。……"（《观刈麦》）不也是很真切地在诗里描绘这一情景吗?

是的，拾穗，使我懂得岁月，懂得珍惜，我也仿效拾穗者，悬着敝筐，弯着腰，一点一点在人生的田野撷拾，——像在写一首诗。

张爱玲在自己的照片背后题字送人："见了他，她变得很低很低，低到尘埃里，但她心里是欢喜的，从尘埃里开出花来。"我也将这些沾着泥土的穗子送给我的作者、读者朋友，卑之无甚高论，权当一朵尘埃里的记忆之花看看。

2018 年 7 月 16 日海暑

目　录
Contents

目　录

量体裁衣

新闻与"快递"

　　欧内斯特·米勒·海明威（Ernest Miller Hemingway，1899—1961），一生从事新闻采访的时间不长，18 岁那年在美国的《堪城星报》（*Kansas City Star*）当了半年记者，正式开始了他的写作生涯。他是"新闻体"小说的创始人，代表作品《老人与海》获得普利策奖，1954 年获得诺贝尔文学奖。

　　海明威在很短的新闻从业时间里，提出了对新闻写作很有价值的见解。如他提出写新闻要"立等可取"，主张在一只脚站立的时间内写出新闻来，认为真正的新闻要快，过了这黄金时段再出手，就不算新闻报道了。

　　"倚马可待""金鸡独立"，被新闻人引为佳话。

　　但是海明威的"fast"（快）绝不是指"萝卜快了不洗泥"，他有他的内功，那就是"袖手于前，疾书于后"，从各方面做足准备，特别是学识的积累。

　　这就说明，要当好一个新闻记者、新闻编辑，除了必须具备学识和写作能力，更主要的是快而稳，快而有真功夫，报道准确，准时送达。当然，送达的目的地是千千万万读者。

电视剧《急诊科医生》中有一个细节，两位主治医师散步时坐在路边休息，观察来来往往行人的走路姿势，发现其中有的患有关节和其他骨骼病征。观察是主治医生的职业习惯，也是必备的条件，中医"望闻问切"中的"望"就是观察，通过观察，就已经心中有数，西医也是如此。

写新闻也讲观察。海明威和朋友们在咖啡店聚会时，就提议对进店消费的顾客进行观察，以确定其身份、职业、文化、爱好、年龄，观察的结果与事实基本吻合。这种观察，是在被观察对象全然不知的情况下进行，只看不问，不许交谈，以此掌握新闻观察的基本功。观察使所写的报道有血有肉，人物鲜活生动，这就是海明威的绝活，越是快，越有料，磨刀不误砍柴工，厚积薄发，游刃有余。

这种观察，是新闻写作的需要，与历史上识别人的人品、才智，做到知人善任不同。

先贤们总结出的识人方法，也很有意思，如三国时诸葛亮的"观人七经"，刘劭《人物志》中的"九征""五常"学说，吕不韦提出的"八观六验"和"六戚四隐"，曾国藩《冰鉴》中关于识人的著述等，都是识人之法。

再如，《吕氏春秋》提出的识人六验法：通过喜、乐、怒、惧、哀、苦，观察其人对实际生活、工作的态度和表现。魏人李悝的五视法：一是居视其所亲（经常和谁在一起）。二是富视其所与（生活富裕时将钱花在何处）。三是达视其所举（身居高位时，提拔重用的是什么样的人）。四是穷视其所不为（在身处逆境时避干什么）。五是贫视其所不取（在贫困时的作为和取舍）。

中国古代，没有组织人事部门，吏部也不负责考察官员，只管任免，一切都是"奉天承运，皇帝诏曰"。平时就凭"奉旨"臧否人事。

生活中的人，拥有不同身份、地位、性情、见识，对同一事物的反应是绝不会相同的。比如在无名氏的《天方夜谭》中，所出场的人物都是与阿里巴巴有瓜葛的乞丐、强盗、穷人和穷人的女儿、"老爷"，没有一个官员，只有两个铁笼子作为官方的象征，一个关着强盗，另一个关着"老爷"。作者选取的角度很新奇，他站在穷人的一边，借穷人的视角，去观察统治者——好人和坏人共同的"老爷"。而这些人，对事物的看法和兴趣（如面包和火腿）迥然不同。如果我们在采访之前，像这样多角度观察，报道就一定会真实生动，有厚重感，为读者所喜爱和信任。否则就会是"抓鸡不成蚀把米"。

在有些报道里，共性（题材和人物的雷同化）的报道太多，动辄"街道居民说""基层干部反映""饭店顾客们一致交口称赞"……果真如此吗？成千上万的顾客，有的喜欢吃鱼，有的不喜欢吃肉，有的吃惯辣椒，他们"一致交口"称赞什么呢？"街道居民""基层干部"能同时发声吗？如果不懂得深入观察，不懂从事实本身发掘新闻，好新闻就会与我们失之交臂。

新闻快递，包括一只脚站着写，包括不说无厘头话，不说过头话，三个铜钱摆两处，一是一，二是二，这个基本功非一日之寒。本文所谈的"独立"写稿和观察，是新闻写作必备的基本功。通过生活细节、工作表现，观察一个人的职业、身份、文化素养、人品和性格，在新闻采访时，必须掌握这个"法门"，才能快节奏反映新闻事件。

说到"倚马可待"，就不免会想起清人袁枚的意见，他写过一首诗："倚马休夸速藻佳，相如终竟压邹枚。物须见少方为贵，诗到能迟转是才。清角声高非易奏，优昙花好不轻开。须知极乐神仙境，修炼多从苦处来。"（《箴作诗者》）他认为写诗不能倚马可待，更不能一只脚站着写出一首诗来，特别提到"诗到能迟"才是好样的，并认为司马相如的赋文写得很慢，慢工出细活，所以超过邹阳和枚乘。但是作为性灵派诗人代表袁枚，提出"慢板"的见解，多少不够专业。诗出性灵，应是少一些雕琢，多一些自然而然才是，否则性灵尽失。但他提出的"修炼"，应该说，是一个原则，是不错的，写新闻也是要修炼的，不是一上来就能一只脚站着写，这样看来海明威的"金鸡独立"就不算什么本事了。

新闻的语言修养

孔子说："质胜文则野，文胜质则史，文质彬彬，然后君子。"他认为一个人如果朴实多于文采，不免粗俗，文采多于朴实，又不免虚浮，朴实和文采要配合适当，才可以称得上君子。

写新闻报道又何尝不是如此呢？光有材料，五要素也具备，却缺乏文采，就难免枯燥乏味，反过来，文辞华丽，却没有实际的内容，就像给丑女浓施粉黛，只能给人虚假的印象，同样不受欢迎。只有"文质彬彬"，才能称为好的新闻。

过去，由于受"四人帮"的影响，以及新闻队伍素质不高，"质胜于文"的现象比较普遍，八股文、大话、套话、材料语言满天飞，根本谈不上什么"文"。"言而无文，行之不远"，落笔无文采，文章就难以流传开。没有文采，没有可读性，就没有人看，新闻的传播就大打折扣。刘勰在《文心雕龙》中归纳为"言以文远"，就点明了文与传播的重要关系。一篇新闻，一张报纸，要使人一气读下去，读完还想再读，就得在"文"字上下点功夫。

毋庸讳言，现在有的新闻，可读性不强，究其原因主要是：就事写事，材料登录，不作必要的技术处理，一些会议消息、重大活动消息，一般照抄文件，似乎见报就是目的，管登不管看，登了报就算任务完成。

有位资深记者说"要把新闻当诗来写"，乍想这个要求似乎高了点。先人吴乔在《围炉诗话》里说，写诗好比酿酒，要锤字炼句，要以情动人，以理晓人，写情，路径百折千回，写景，色彩斑驳陆离，不容易的。好酒"饮之则醉"，古今诗人，没有不为表达而苦恼的。写新闻同样要有这种认真的态度，才能感染人，吸引读者。有些新闻，是一、二、三开中药铺，看上去条理分明，而实际上是材料罗列，谈不上什么文采。有的万言长文，写得并不好，怕没人看，在刊登时，编辑作些强势处理，如做大标题，加些插画，或者把每一节的第一个字字号变大，故作引人注意，尽管如此，也还是背磨子唱戏——费力不讨彩，只是把王婆的裹脚布绣了一点花而已。还有的理论文章，表面上峨冠博带，大哉斯言，但平铺直叙，脱离实际，坐而论道，而和者盖寡。总而言之，症结在于语言艺术问题。这就和为什么侯宝林一上台大家就想笑，而别的相声演员说得大汗淋漓、声嘶力竭、连说带唱别人也不笑的道理一样。

请看——

●记者最近驱车前往摩洛哥加尔卜喷灌站访问，对摩洛哥人民积极进取、敢于创新的精神……印象颇深。

● 前不久我们乘车南行千里……给记者留下了深刻印象。

● 记者前不久访问了这所医学院，对其卓有成效的教学方法留下了深刻印象。

● 我们看到了上沃尔特人民克服自然条件带来的困难，这些努力……给记者留下了深刻的印象。

● 我们走访了南斯拉夫联邦社会计划，给我们留下了深刻印象。

● 在朝鲜访问期间，我们的一个突出印象是妇女参加工作的人数多……给我们留下了深刻的印象。

这种"日前""前不久"，这种"深刻印象""突出印象"以及"有关同志""专家谈""调查显示"……报纸上比比皆是，读多了，就觉得像嚼残羹剩菜，不是味道。

要解决这个问题，只有两条路可走：一是向民间语言学习，二是向古典文学学习。民间语言，是中国语言文化的滥觞，哺育了成千上万的作家、诗人、新闻记者、学者、艺术家。向民间语言学习，当然不是照搬"土话"，尤其一些很生僻的"土话"，应该加以规范处理，不应照搬到新闻或文学作品中来。如广东的一些"土话"，香港的一些"港语"，是不能照搬的。老舍写《龙须沟》，用的是北京的土话，结果别的地方没法上演，而后来写《西望长安》则用的普通话（当然并不是摒弃民间语言的长处），在全国各地上演并且大受欢迎。这就说明规范化的重要性。规范化并不妨碍我们向民间学习，民间语言值得学的东西是很多的，不应拘泥于一两句精彩的语句，如民间语言的音韵美、格律美，就应好好学习。毛泽东同志的文章，就吸收了许多民间语言中的音韵特点。

以下这些句子，读起来通俗易懂，又朗朗上口，音节匀称。如：

鬼眨眼的天空越加非常之蓝，不安了，仿佛想离去人间，避开枣树。

（鲁迅《秋夜》）

大历四年的冬天，寒流侵袭潭州（长沙），大雪下得家家灶冷，户户衣单。

（冯至《白发生黑须》）

"家家灶冷，户户衣单"，口语化的特点很强。声调有高有低，有如口语，铿锵作响。艾青说得好："寡妇号丧都有格律。"的确是这样，哭丧、哭嫁，一声长一声短，时而断断续续，时而夹泣夹叙，格律十分动人。这对习惯写长句、写佶屈聱牙文章的人，是一剂良方。

向古典文学语言学习，也同样是学习古诗文精炼、概括的特点，《红楼梦》里有许多好的、生动的语言值得学习。如描写凤姐"头上笑，脚下使绊子。明似一盆火，暗是一把刀"，寥寥数语，便把凤辣子的个性人品概括了。"脚下使绊子"属于借喻，"明似一盆火"是暗喻，"暗是一把刀"是明喻，用得多好！学习古文的排偶、比兴手法，主要是靠研读，"读书百遍，其义自见"，不仅有助于理解古文，还有助于写好新闻。

搞新闻写作的人，不懂得古文，连断句都成难题，又怎么能写好现代文？鲁迅先生说："《水浒传》里的一句'那雪正下得紧'，就是接近现代的大众语的说法，比'大雪纷飞'多两个字，但那'神韵'却好得远了。"（《花边文学·"大雪纷飞"》）

古文的表达手段，运用文字的技巧，有许多可学之处。学好了，可以提高我们的文字水平、表现技巧，新闻写得更丰富多彩，更富有感染力。

此外，记者、编辑要博览群书，诗歌、散文、小说，都应当多多阅读。这对自己的写作是非常有益的。尤其通讯稿的写作，是不能没有散文修养的。请看这一段文字，写得多么有散文味。

新华社京都四月十五日电　邓颖超副委员长今天在欣赏日本名胜琵琶湖的春色的时候对当地记者说："中日两国的友谊，就象琵琶湖的波浪一样，一浪接一浪地流传下去。"

…………

今天，这个日本最大的、状似琵琶的湖泊，水面上碧波粼粼，白帆片片。连结东西两岸的一公里多长的琵琶湖大桥和两岸的重峦叠嶂倒映水中，构成一幅动人的山水画。

…………

垂樱迎着春风，落英缤纷。邓副委员长称赞说："抬头看樱花，低头看落花，樱花花开时是美的，花落时更美。"高桥所长说："一般人只知道樱花开花时的美，而知道落花之美，才是真正了解日本的人。"

（《邓副委员长一行在京都等地游览》）

这条消息读起来如同一篇笔调清新、隽永的散文，多处运用散文化语言写景和抒情，使人读了有如清风拂面，樱花袭人，一同沐浴在中日人民友好情谊的春光里。

再请看这一段文字：

少奇同志走到成敬常家，看看家无长物，问道："家里的坛坛罐罐哪里去了？"成敬常说："搬了五六次家，只剩得床架子了。"

少奇同志来到彭满娭毑家，揭开锅盖，煮的是一锅芹菜。少奇同志默默地夹起一根尝尝。他见锅中水少，又拿起瓢加了一瓢水。锅里没有一粒米啊。

少奇同志走进杨老倌家，打开碗柜，只有盐，没有油。他长叹一声，说："群众少了一个坛子喽！"

少奇同志见到了老模范黄启洪。老模范也得了水肿病。"对你不起，对你们不起，对大家不起。"少奇同志用充满感情的颤抖语声说。

…………

（《通讯：人民的怀念——写在刘少奇同志的故乡》）

这种散文化的写法，无疑使通讯增色不少，有人物对话，有一个个蒙太奇镜头，使人如见其人，如闻其声。接着作者又写宁乡县农民形象：

在那是非颠倒的岁月里，少奇同志旧居门上那块写着"刘少奇同志旧居"的匾额被摘下来丢在公社食堂的杂物中间，准备当柴烧。五十多岁的老炊事员周子久向事务长要来这块匾，反扣着放在厨房里当案板用。厨房里不缺案板，周子久要匾别有深意。周师傅去世了，接替的是胡师傅。胡师傅去世了，接替的是肖师傅。十几年中，公社食堂的炊事员换了五位，人人都细心地保护着这块匾额。去年年底，现任炊事员肖文斌，把匾额刷洗干净，送到公社办公室，他郑重地对公社干部说："刘九阿公（少奇同志排行第九）要翻身了，这块匾只怕要作用哒。"

（《通讯：人民的怀念——写在刘少奇同志的故乡》）

这里，农民的形象呼之欲出，作者运用了散文化的笔法，吸取了民间语言的特色，使整篇通讯情节真实感人、形象生动，语言质朴，乡土气息浓烈。真不愧二十世纪八十年代的好新闻。

由于种种原因，目前真正"文质彬彬"的新闻作品，"那雪正下得紧"的语言是不多的，离读者对新闻人的期盼，相去甚远，这应当引起新闻界的重视。如何重视新闻语言的"文"在保证新闻报道的"质"的前提下，在"文"字上做足功夫，从上到下人人动手，努力提高新闻报道的艺术性，实在不是一件"当作大事来抓"就能奏效的事情。

"袖手于前"

"袖手于前"是写新闻的第一道"工序"。这道工序很重要，包括策划、观察、调查、构思，成竹在胸，才能"疾书于后"。

"袖手"是动脑子，"疾书"就是动手写。

问题往往出在"袖手"。

曾经读到一则"卧底"新闻，说的是有位记者，见社会上盗墓现象猖獗，便策划写篇报道揭露盗墓的内幕，"卧底"潜入盗墓者团伙，其用心不能说不好，但问题就出在当他和盗墓者一起从一个西汉古墓中"取出"十三件文物后，他又将这些文物买下，然后"捐给"省文物局。

这样做，从他本人的初心看是好的，乔装打扮去"卧底"，也冒了不少风险。但社会反响并不好，有读者质疑这位记者已经触犯了法律，构成犯罪。理由是：首先，他未经国家文物主管部门和当地公安机关批准，参与了私自开挖古墓、掘取文物的非法活动；其次，这种"亲历"，客观上已经扰乱了国家相关部门对文物的正常管理秩序。

所谓"卧底"，是侦破手段之一，风险很大，必须与国家文物管理部门和当地公安局配合，精心策划，有足够的安全保障和完备的应对措施，不是谁想干就可以干的，也不是现时采访所非用不可的手段。弄得不好，就是买豆腐花去肉价钱。

还有一则"代夫征友"新闻。一位农村打工妹不幸身患癌症，她出于对丈夫和孩子的深情与担心，想在去世之前，为丈夫找个合适的伴儿，以便有人接替她照顾这个家庭。在记者的帮助下，在报纸上刊登一则"代夫征友"的启事。结果这件事一度引起很大反响，虽然有些善良的女子表示愿意应征，但不知目前的关系如何处理，是叫"待补"还是"情人"？是公开还是隐瞒？大多数读者则问：这不是公开违反《中华人民共和国婚姻法》吗？当然，硬说这样做是向法律挑战，似乎言重，不能对一名身患绝症的人提出这样的质问。但是作为媒体记者，在刊登这则启事之前，确实小有失检，不够严肃，应该说，这个教训也是不能忘记的。

这几年"现场直播"的新闻很多，留意观察，参与直播并不轻松，尤其是拿着话筒的记者，面对摄像机，在酷热或严寒的场景播报，十分辛苦。荧屏三分钟，付出的艰辛，却远不止三分钟了。如报道台风登陆，当台风刮来的时候，几乎所有的居民甚至水手都早早进入避风港，以防不测。唯独电视新闻记者站在狂风暴雨中，在汹涌的浪涛前"现场直播"。有位女记者，被风刮得站不住，不得不用一根粗绳拦腰捆住，由几个壮男死死拽住，稍不注意，就有可能被大风刮下海去。拍下这样的镜头，现场感确实"强烈"，但我每每不忍卒看。

如果说这是事业心、职业感强烈，我实在不敢苟同。假如这个女记者出了意外，会是什么后果？记者不是金刚不坏身，献身精神要用在必须用的时候，年年台风，今又台风，记者回回弄潮头，难道不能用别的表现方法吗？这样的"策划"，实不划算，也是买豆腐花去肉价钱。

这种"袖手于前"，缺乏深思熟虑，"疾书于后"，就容易失误。

这就是"新闻策划"的重要性，不能脱离现实生活。

讲点诗意

中国古诗词，是讲规矩的文学，一首诗写出来，要反复推敲，辗转竟日，格律、音韵、锤字炼句，"吟安一个字，捻断数茎须"，诚非易事。

初学写诗，不能太墨守成规，那样容易缚住手脚，放不开性情。人们喜欢读陶渊明的诗，就是因为陶诗有性情。正如鲁迅所说："这'猛志固常在'和'悠然见南山'的是一个人，倘有取舍，即非全人，再加抑扬，更离真实。"（《"题未定"草六》）孔子说，"君子不器"，"形而上者谓之道，形而下者谓之器"，因为"器具"不可能有自己的思想和抱负。至今读来，如闻其声。

诗人的品格是伟大的，马雅可夫斯基说："要想成为一个诗人，就得使自己作为一个真正的人成长起来。"这就是说，诗人的人格，是伟大的、纯粹的，他们的脑袋，不是一个收纳文件和他人思想的口袋，而是一个可以点燃的火炬，一个两个，可以给我们照亮生活，照亮思想，而千千万万的火炬，延续千年万年，就是十分壮丽的诗篇和人文史!

清人吴乔（字修龄）说，题材好比是米，用文章写来，就好比是做饭，可以疗饥；而用诗写来，就好比酿成了酒，饮之则醉。搞新闻写作，多半是在"煮饭"，除了副刊偶尔"酿酒"，并不批量"生产"，不像司马相如当垆卖酒，偶尔小酌而已。刘伶如果还在，他是不会到报社打酒喝的，副刊上的那一点儿酒，不够他喝的。他生前要求死了以后埋在酒厂附近，头要朝着酒缸。但是搞新闻写作的人，应该喜欢诗，应该读诗、研究诗，久而久之，写出的新闻就有诗味儿。

苏轼《江城子·乙卯正月十二日夜记梦》："十年生死两茫茫。不思量，自难忘。千里孤坟，无处话凄凉。纵使相逢应不识，尘满面，鬓如霜。夜来幽梦忽还乡。小轩窗，正梳妆。相顾无言，惟有泪千行。料得年年肠断处，明月夜，短松冈。"多么深切的思念！梦见十年前故去的妻子，就坐在窗前梳妆，二人相见，哽咽无语，只有流泪，这是多么炙热的情感！

又，韦应物的"身多疾病思田里，邑有流亡愧俸钱"（这首诗是《寄李儋元锡》里的两句，说身体不好，想回乡下老家去。这样住在城里，花销俸钱，深感惭愧），也是很有高尚境界的诗句。韦应物（737—792），唐代诗人，西安人，世称"韦苏州"。诗风恬淡高远。早年丧妻，与两个女儿相依为命，父女感情颇为深厚。此时大女儿要嫁的夫家路途遥远，当此离别之际，心中自然无限感伤。女儿出嫁不舍又无奈，在临行前，诗人万千叮咛，谆谆告诫：要遵从礼仪、孝道，要勤俭持家。其殷殷之情，溢于言表。我想，从事新闻写作，多读这样的好诗，领略这样的情怀，写出的新闻，酿出的美酒，肯定是很怡人的。

有不少从事新闻工作的人，对古诗词很有研究，对现代的新诗也不乏了解，他们本身就是很有见地的诗人，与他们交谈，受益匪浅。他们读现在的一些新闻报道，时有不同看法，觉得缺乏"酒味儿"，从题材到语言，再到思想，都味同嚼蜡，连"饭"都谈不上地道。

成就报道写好也难

"批评报道不如成就报道好写",这是对成就报道的一种错误认识。"成就报道好写",无非说成就报道是"说好话""唱赞歌",人见人爱,又合时宜,好话谁不爱听?——果真如此吗?非也。

"小"与"大"

成就报道是大事,不一定是大"制作",也不一定是大题材。

有些成就,恰恰就反映在一些小事上。如城市交通发展,增加公交线路,便民利民,都不是上头条的新闻,有关单位也不会及时通报记者,他们认为这些是不足为道的小事,而正是这些小事,如果我们没有敏锐的新闻"嗅觉",就会与之擦臂而过。

在十多年前,人行道上出现了黄色的盲道,这一悄悄出现的新事物,体现了城市对盲人出行的关爱,这种人文关怀,体现了城市定位的新高度,这是一个很重要的变化。干部学习手语,直接与聋哑人交流，把党和政府的关爱送至聋哑人的心里。公交车上设置急救包、放置感冒药……这些细小的变化，都可以体现一个城市新的甚至是重要的变化和成就。随着党风建设的加强，干部和机关作风的改变，更多部门开始注重实效，为民办实事，靠"新闻发言人"公布成果的已经很少，大都体现在平凡的实际工作中，而这些工作又是平凡的、稍纵即逝的，如果记者不注意从细枝末节上观察，就抓不到鲜活的"一手货"。当然某些重要的数据、重大的改革措施，有必要采取新闻发布的形式，但是这些成果的具体体现，以及对社会、市民生活所带来的深远影响，仍然只能在实际的平常的细小的事情中去发现，去了解，去报道。

对于道听途说的"二手货"，尽管是"大制作"，我们也应该加以甄别、分析、深入调查，不能有"捡到篮子里就是菜"的想法。

别忘"前面三个馍"

有一个笑话，说是有一个人吃馍，吃第一个没饱，吃第二个还是没饱，一连吃了四个才饱。他摸摸肚子，叹口气，说："早知道吃第四个会饱，前面三个就不该吃。"

写成就报道，应该记住这个笑话。

如果留意报纸，不时可以看到有的新闻报道，为了肯定今天的成果，就把昨天的成果贬低，过去这里如何如何，现在又如何如何，"昔日的青潭路，坑坑洼洼，有人称之为'排骨路''搓衣板路'，还有人形容说'一蹦一跳，某某市就到'。如今再走青潭路，就大不相同了，百里青潭路，放眼望去宛如飘带，远远近近一掌平，司机们说：'走青潭路好比溜滑滑板。'变化真是太大了！"据说读者看到这篇报道，给报社打电话，说过去的青潭路，并不是报道所说的那样差，它是县委县政府为民办的十件实事之一，因为地势高低不平，难度很大，修建了很多年，竣工后，路况一直不错，前年山洪暴发，有一段路基被洪水冲坏，现在已经基本抢修好了。目前这条路在搞灯光工程。报道说青潭路是"糠箩"跳进"米箩"，事实不是如此，而是在不断变好，不断完善。

类似青潭路的例子恐怕还有，写改革开放、发展经济报道，不能孤立地看问题，每一项成果都是有前因后果的，应该历史地看，如果没吃前面三个馍，仅吃第四个馍也饱不了，用现在的新词表达：它不是"疯魔"。

既要纵观历史，也要横向考察，不能孤立地就事论事。就事论事或者非此即彼，不是实事求是的作风。极端地、片面地写新闻，是缺乏新闻人应有的政治涵养的表现，马克思主张从新的事物中提取新闻素材的思想（根据事实来描写事实，而不是根据希望来描写事实），习近平在十八大前提出的新闻观指出：不能将新闻等同于政治，不能因政治需要而牺牲新闻真实性，不能因强调党性而罔顾新闻规律。这就确立了新闻学的科学品质，厘清了新闻/新闻学与政治的关系。这是值得新闻工作者认真领会学习的。

新闻的"眼睛"要亮起来

拟个好标题，等于好新闻写了一半。

——一位资深记者的话

"头号教堂"及其他

深圳某报有则消息，题为"世上头号教堂在尼落成"，我觉得欠妥。"头号"用来指教堂，似不恰当，不如改为"最大"。"世上"应为"世界"；"在尼落成"，这个"尼"是尼日利亚还是尼泊尔，或是尼加拉瓜？外国国名使用简称，除非在一定的语言环境下，如外交上的"中尼"（中国—尼日利亚），但前提是正式文本中一定有完整的国家称谓，不然就不规范。随意简化，会导致称谓的混乱。这不同于中国的语言习惯，可以把湖南称"湘"，把江西称"赣"，把福建称"闽"……这是长期以来历史文化发展形成的，照此去称"尼"（尼日利亚）、"马"（马达加斯加）、"东"（东帝汶）……就叫人费解了。

做标题最好多费点力，不要省去不可省略的字，不能图省事，因为这一省就可能省出外交问题来。

再如，"某市领导某某'亲赴一线'"的标题，"赴"的本身，就是身临其境，不然就不叫"赴"。或者说，消息的新闻眼就是这个"赴"，再加"亲"字，就显得十分别扭，也有溜须之嫌。

广州某报头版最近刊登《东江纵队老战士遗嘱身后献遗体》，几位老东江纵队战士尚健在，版面也配了他们的彩色照片，怎么能叫"遗嘱"呢？可能是作者把"立遗嘱"的"立"字省略，认为立的是遗嘱，索性就叫"遗嘱"好了，也忽略了"遗嘱"的概念，是"亡者的留言"，人未死，还是叫"亲嘱"好，这个"亲"字不能少，叫"遗嘱"，就大谬不然。

拟写新闻标题，要抠准字词概念，掌握语言规律。信口开河，就容易授人笑柄。唱戏讲字正腔圆，写新闻也应讲字正词准。演员是台上三分钟，台下十年功，咱们写新闻标题呢？是不是也可以说"标题要动人，先练字词功"呢？

"说"的误区

读《人民日报》，见《养蝎者说》一文，细读内容，是位养蝎人自述养蝎的过程和感受。文章写得尚好，但细想这个标题，觉得不大恰当，虽不是文不对题，至少是把"帽子"戴歪了。

关键是这个"说"字。一字多义是中国汉字的特点，"说"用在这里，应作"论"讲。《释名·释言语》："述也，宣述人意也。"《广雅·释诂二》："论也。"在文言文中"说"，通常不用于单纯"说话"，而是用作向他人陈述、解释的意思，是列举事实、理由地有条有理地论述、解说。

"说"，是某种主张、学说，"说"的目的是让人明了所说的主张，接受所说的道理、解释。《养蝎者说》显然是从《捕蛇者说》演化而来。而《捕蛇者说》的题意，是"说说捕蛇者"或"捕蛇者议""捕蛇者论"，而不是"捕蛇者自白"。文章主要是通过蒋氏一家三代捕蛇纳税的辛酸家史，锋芒直指当朝"苛政猛于虎"。这种"说"，在古文中已是一种文体，与"记""传""论"一样。如韩愈的《杂说》，理解为说话的"说"，就错了。

至于刘基的《卖柑者言》，按题意，则是"卖柑者所说的话"，而实际上也含有很大的议论成分，用现在的话说，是《从卖柑人的话说开去》或《卖柑人的话给我的启示》。当然，精当、概括的古文，是不会像现在这么写，而是寥寥数字，文意尽出。

我们使用古汉语，一定要先辨清字义、词义、语义，甚至读音、修辞格，以及当时的语言文化背景，切不可望文生义，随意拿来就用，而类似问题，我在其他报刊上也见过不止一次，应当引起注意。

写标题，学点古文是很有必要的，一方面可以了解古文的特点、规律，不至于用错、用歪；另一方面可以把古文的精练、概括、生动的特点继承下来，把标题写得更精当、生动。"熟读唐诗三百首，不会作诗也会吟"，意即在此。

"圆梦"的"圆"

常常读到这样的标题："圆了电脑梦""圆了大学梦""圆了出国梦"……显然，"圆"被当作"实现"或"梦想成真"的意思在用。

实际上，这个"圆梦"的"圆"，意思正好相反。查了一些资料，"圆梦"之"圆"可以归纳为以下几个意思：

一是圆谎。掩盖谎言的漏洞，或叫"自圆其说"。

二是解说梦中之事，从而附会人事，推测吉凶。这种解说叫"圆梦"，把莫名其妙的梦说得有根有叶，与"圆谎"是一个性质。

三是"圆祸"。把坏事说成好事。如逢寿打碎了饭碗，则称之为"千碎（岁）万碎（岁）"，把坏事说成好事，以讨个"吉利"。也叫"圆融"，使"不畅"变为"不滞"。

明朝陈士元在《俚言解·圆梦》中说："圆者通融不滞之谓，犹言圆谎之圆。"由此可见，"圆梦"并不是"梦想成真"的意思。即使把实现梦想理解为"梦想圆满"，也很附会，逻辑上也说不通。所以，"圆什么什么梦"之说，是值得作一番推敲的，切不可望文生义，随意拿来就用。还有把"甚嚣尘上"理解为"尘土飞扬"，把"为兵"理解为"当兵"，"将兵"理解为"将士"，"七月流火"理解为"酷热"，甚至将这类错词语堂而皇之用在报刊上，反映了一种不求甚解的文风。

"直击"与目击

深圳某报的某篇报道，是记者现场观察眼角膜移植手术后写的。标题为眼角膜移植"直击记"。文章角度新，但用上"直击"这个词儿，就叫人犯嘀咕。

很明显，标题的意思是想表明，这个消息是记者直接见到的。但是"见到"不就是直接吗？所谓"目击"者，就是亲眼看到这个场面的人，无须再加上"直接"的修饰。《辞海》对"目击"的解释，也是"亲眼见到"。"击"用在这里，是"触"的意思，如"触目惊心"。如果去掉"目"字，改为"直"，词义就不同了。所谓"直击"就是"不曲、不斜、不偏"地"击打"。如"用棍棒直击其头部"，就根本不是"直接目击"的意思了。所以，见到"直击"这个词儿，就很容易使人想到"击打"。

清人陈澧的《东塾读书记》说得好："盖时有古今，犹地有东西，有南北，相隔远，则言语不通矣。地远则有翻译，时远则有训诂。有翻译则使别国如乡邻，有训诂则使古今如旦暮，所谓通之也。"写新闻，要很好理解这几句话。

新闻的"非相"

常常听到"形象工程""形象代表""形象大使"……无非指外表形象，有一些是属于商家的炒作，不必多论。这里，我想谈一谈新闻形象。

新闻形象，有整体形象，也有个体形象，并且有内外之分，包括外在的和内在的形象。

屈原说："余幼好此奇服兮，年既老而不衰。"他就喜欢奇装异服，到老也喜欢。"奇服"是指外在形象。唐朝时候，进士登科，第一条就是外在形象："一曰身，体貌丰伟。"——追求外在美是我们的老传统了。一个单位，一位公众人物，外表形象很重要。现在人们对美的追求，出现空前的"务虚运动"，也是对高质量生活的憧憬。

内在的形象，似乎比外在形象更重要，我们做事、做人，更主要的是要注意塑造内在的形象，光有好的外在形象，没有内在的"美"，那就是人们所说的"绣花枕头""油漆马桶"，金玉其外而已。

关于这一点，荀子在《非相》这篇文章里就曾说过，不要过于注重外表，尤其不要相信"吉人天相"的说法。他举例说，孔子的形象就不怎么样，简直一个驱鬼的蒙面人，谁见了都不会说他好看；还说"帝尧长，帝舜短；文王长，周公短"，古贤们外在形象不敢恭维，但他们都是杰出的人物，有丰富的内涵。

佛教的慧能大师，没有文化，不识字，初在五祖弘忍门下是个舂米打杂的小沙弥，模样平平，但他学习佛理十分刻苦，虽然目不识丁，但对诸佛妙理能够心领神会，后来成为中国禅宗第六祖。当时四川有个和尚，叫方辩，会雕塑，要给慧能塑像。六祖说："你先塑出个样子给我看看。"结果塑出来十分像六祖，但六祖并不满意，说："汝善塑性，不善佛性。"酬以衣物，想把这个四川和尚打发走。但方辩没有走，而是皈依慧能，用十年时间，观察他的生活起居。慧能的意思也说得明白，塑一个人的形象容易，但塑出"佛性"就非同小可。十多年后，慧能圆寂，方辩又为他塑了一尊像，很像真身，至今还保存在广东韶关南华寺里。究竟是否塑出了"佛性"，六祖慧能已经看不到，无法表态了。但慧能知道，塑造形象不只是一个艺术行为，还有人生修养的自我完善。所谓惟妙惟肖，曲尽其妙，不过是指塑像的外在标准，而人的形象塑造，是不能靠外形塑造来完成的。

无独有偶，罗马教皇也让人为他作一幅画像，画得非常逼真，他看后，说了一句话："过于像了！"赏给画家一枚金币，金币上刻有四个字——十分真实。教皇相貌很丑，年纪又大，看上去有些"色厉"，画家确实把这些真实地表现出来了。但除此之外，教皇还是个法律学者，且擅长数学，这个内在的气质，画像里却没有得到很好的表现，虽然打了十分，却没有能免俗。

英国戏剧家、诗人莎士比亚也绘有肖像，画家是马丁·特罗斯霍特，他在1623年对开本所作的第一幅莎士比亚木刻肖像，就不成功，这幅肖像没能反映出莎士比亚那丰富而又巨人式的个性。本·琼生（Ben Jonson，约1572—1637年，英格兰文艺复兴剧作家、诗人和演员）为此肖像配了一首诗，写得机智且俏皮：

你在这木刻上看到的是莎士比亚外在的特点。艺术家竭尽所能地力求与自然作一争竞。啊，如果他能在铜版上雕刻出面貌而又保持才智之士固有的特色，他就会是真正的伟人！然而，他不能；因而我要向大家进一言：看书，不看肖像。

莎士比亚的灵魂、思想和心肠体现在他的作品里。他在其中把一切向我们袒露。

（阿尼克斯特《莎士比亚传》）

本·琼生的另一段话，写得更是生动，是真正的崇仰，不妨抄录如下：

我的莎士比亚，起来吧；我不想安置你在乔叟、斯宾塞身边，波蒙也不必躺开一点儿，给你腾出个铺位：你是不需要陵墓的一个纪念碑，你还是活着的，只要你的书还在，只要我们会读书，会说出好歹。

（阿尼克斯特《莎士比亚传》）

这与六祖和罗马教皇的看法几近一致，看重的是攫神，是精神的传达。

有人说得好："衣架撑起的衣裙不美。"人的内在形象也是如此，是靠骨头、灵魂、正气来充实的。新闻塑造人物形象，就应该注重内在的思想、情感、气质，对对方的生活起居、爱好，做一个全面了解，做到"袖手于前，疾书于后"，圆满完成"形象工程"。这似乎扯到美学范畴，出了埒外了，但新闻形象是新闻报道的灵魂，应该是不错的道理。

作为新闻记者，形象的塑造，注重内在美，不搞虚饰，难道不也是如此？

走出"八卦阵"

法国十九世纪的大诗人阿尔弗莱·德·缪塞和乔治·桑相爱的故事，放到现在，娱乐记者肯定会当作"大八卦"处理。

这两位诗人热恋时边旅行边创作，走到意大利威尼斯的时候，缪塞病倒了，而且病势日渐恶化，很快陷入了昏迷状态。整整一个月，乔治·桑和医生必须时常守候在他的床边。在静默的守候中，缪塞病愈了，然而乔治·桑和医生的感情也成熟了。缪塞很痛苦，但平静地接受了这个事实，与乔治·桑和平地分手，独自回到巴黎，47 岁时去世。

失去了爱人，却成就了诗人，缪塞的传世之作《一个世纪儿的忏悔》《她和他》抒写的正是那段令他内心充血的经历。歌德早就说过："伟大的人物总是透过某些弱点与他们的时代联系在一起。"

名人也是人，也有他们的隐私，法国的缪塞、乔治·桑如此，英国的伏尼契亦如此，中国的李清照也不例外。李清照的丈夫赵明诚因病去世，接着因金人起事，宋王朝崩溃，兵荒马乱，她流离颠

沛，平静的生活受到重创，为她后期词作更增添了婉约、感伤的
情调。

如何看待名人的人生轨迹？是当作"八卦"来看，还是像历史
已经无数次演示的，当作花絮点缀他们的人生？这里不仅有道德问
题，还有文化修养问题。

我们每一个活着的人，包括名人在内，都将得到历史的安排。
有的人之所以诗名垂史是因为他们作品的艺术力量征服了人心；当
这颗星辰划破长空时，那闪光的也包括他们的全部人生。我们于是
纪念、膜拜他们，正如雨果赞扬乔治·桑所说："我祝福她，因为她
所做的是伟大的；我感激她，因为她所做的是美好的。我记得，曾
经有一天，我给她写过这样的话：'感谢您，您的灵魂是如此
伟大。'"

如果一个人徒有其"名"，这个"名"是骂出来的，俗出来的，
恶出来的，滥出来的……历史也会有个打点。那一堆充斥"八卦"
的丑闻、绯闻，只能是"高碳文化"，令人掩鼻而过。前不久，偶尔
见到一家国外网站以高稿酬征集名人的"流言蜚语""绯闻逸事"
"丑闻官司"，其用意路人皆知，无非增加"八卦新闻"的看点，赚
取利润。一些"名人"以能上这样的网页为"荣"，而不知这种
"八卦"的本意就是制造是是非非，这"门"那"门"，甚至不惜添
油加醋、落井下石，使"名人"终为"名"所累。陷阱之深，甚
矣哉。

如何当名人？孔子说过一句话，可以作为参考："人不知而不

恼。”不要老是想让人知道你的"名气"，老是叫人"勿忘我"。有真才实学，有十八般武艺，就像锥子装在袋子里，总是埋没不了的，这是一个古老的比方。现代社会，物欲横流，也还是有不少学富五车的教授、学者，夜以继日治学、传道授业，从来不指望什么"名气"。陈寅恪住在广州的一个陋巷里，"结庐在人境，而无车马喧"，过客匆匆，谁知道就在珠江畔的这间既平常也安静的屋子里，住着一位饱受眼疾折磨的诗人、学者？钱锺书埋头研究学问，有谁见他在"公众"场合比画着手势高谈阔论？茅盾先生深居简出，有一次记者要给他拍照，当镜头对准他时，他的手紧张得微微抖动……

佛语有云："心静自然凉。"当你不迎合"八卦"时，"八卦"便会失去骚动的力量。而"八卦"者，博眼球的目的只不过是把"名人"当赚钱的工具而已，哀哉！悲哉！

避免"买椟还珠"

"包装"这个词，在以前出版的词典中是没有的，是个新兴的词语，意思很明白，把东西包起来，再加以装点，这样做，通常是一种商业行为。包装的好坏，直接影响商品的销售，而商品的贵贱，又决定包装的档次。因为包装是需要计算成本的。

利用包装，以次充好，金玉其外，败絮其中，糊弄顾客，以牟取暴利，也不少见。大抵进过商场（包括外资商场）的人，是有切身感受的。

所谓"椟"，就是指包装，见韩非子"买椟还珠"的故事：有个楚人到郑国去卖珠子，包装特别漂亮，木兰匣子盛着，用桂椒熏过，香气四溢，匣子缀以珠玉，装点一种称为玫瑰的美石，还镶嵌翡翠。有个郑人见了，买下了这个包装盒，而把珠子退还给了楚人。因为包装好得过了头，结果喧宾夺主，无论收藏价值还是盒子本身价值，都使包装盒里面的珠子大打折扣。人要衣装，佛要金装，道理虽然是如此，但包装一旦失当，就弄巧成拙。一些地方中秋节的月饼包装就有教训，买椟扔饼的事已经不少，虽然扔饼的不一定是买饼的人。

这些年，商业行为渗透到了各个领域，也包括新闻。有的人把自己当作商品来包装，自称"大师""学者""教授""导师"……频频上电视露脸，在报刊发表署名、署职、署资格的文章，这类"椟"与"珠"的成色，并不难识破，因为他总是要表现的，一表现就难免露马脚。

而另一种包装，如数年前海南省某医院在面向社会公开招聘护士时，特别规定应聘者身高不得低于一百五十八厘米。据医院负责人介绍，医院在公开招聘护士前，当地市卫生、人事等几个部门还专门开会进行了研究讨论，确定新招聘的护士身高要求。"主要是考虑护士代表着医院的形象。"代表医院形象的就只有护士？医生不是更能代表医院形象吗？这使我想起有家媒体声称："记者也要包装：重点要包装年轻的，年轻的里面重点包装女记者，女记者里重点包装漂亮的。"这种价值取向，与该医院包装护士如出一辙，"关键词"都是"漂亮女性"。"美女经济"在医院和新闻媒体中还有如此巨大的潜能，真是闻所未闻，倒愿意借此开开眼界。

大概因为"美女经济"效应，有人呼吁几位资深播音员下岗，原因是她们老了，不漂亮了。弄几个年轻"美眉"坐在那儿，也许能既赏心又悦目，但那种对事业的执着，那种沉稳的播音风格，那种庄重的风度，那种对文字学和音韵学的修养，那种对新闻的敏感度，就不是一张漂亮的脸蛋或一颦一笑可以替代的。在商品经济环境里，价值取向是首选，真材实料是首选，如果仅仅是年轻漂亮，而没有专业知识和技能，还是先别忙着包装，不妨先反躬自问："商人的精明学到了多少？"舍本求末，受众也就只好仿效郑人，买椟还珠了。

文章的"名头"

写新闻讲究凤头、猪肚、豹尾。"凤"头意即好的开头，能吸引读者；"猪肚"指文中内涵丰富，意取尖新，使读者爱读，受益；"豹尾"指结尾精彩，像豹子的尾巴，竖起来，令人回味。现在报纸上许多好文章，受到读者好评，无外乎表现出这几个方面的特点。

但最近几年，有些文章越写越长，行文平平，味同嚼蜡，而且很重视"名头"，每篇文章后面，都注明作者的背景，一般是地方或某全国学会要员，如"作者为××散文协会副会长、作家协会理事，有多部散文集行世，并获得外国××文学奖"；"本文作者是我国著名文艺评论家、××省作家协会原副会长、××国××大学游学讲师、××研究所所长，作品有……"；"当代著名书法家、国学大师、××书画家协会会员、××省书画家协会原副会长、花鸟虫鱼协会会长、××大学书法学院客座教授、原政协委员……"

尚名之风，在中国真是源远流长。

饿死事小，失节事大，多少人委曲求全，舍身成仁，为的是落个好名头。

鲁镇孔乙己不写文章，但是圣贤卫道士，有人笑他穷，他却说"君子固穷"，我是君子，你笑"穷"，你是小人。有人笑他偷书挨了打，偷书算什么屁大的事？"读书人偷书不算偷"，不识字的人才不看书；茴香豆的"茴"字有好几种写法，你知道吗？在他的心里，代圣贤立言，才有好名声。

与王安石同时代的冯京，是个商人，他说"孔子之言满天下，孔子之道满天下，得其言者公卿徒，得其道者为饿夫"（《答伯庸书》）。事实是如此，但无非隔岸观火，自然不被王安石视为同怀。

现在报刊上发表文章，各抒己见，应以质量为前提，不能承袭旧制，看名头。尤其中央级大报，每篇文章后面缀上几行与文章毫不相干的作者名头、身份、背景，究竟是看文章还是看来头？这样的文章，读者说"不是鸡汤是白水"，"总有一股哈喇味儿"，连广告都算不上。这种"尚名"歪风，应该清扫清扫，让我们的报纸杂志，也出现蓝天白云吧。

钱锺书的三部著作《宋诗选注》《谈艺录》和《管锥编》面世后，在中外学术界引起一片激赏，国内外众多记者慕名来采访，都被钱锺书拒之门外。钱锺书说："吃蛋的人觉得鸡蛋好，多吃几个就是了，又何必一定要看下蛋的母鸡？我其实只是一只爱下蛋的母鸡，只负责下蛋。"（陶方宜《胡适的圈子·钱锺书：爱下蛋的"母鸡"》）

比起现在空有名头，却是卧谎窝的"良种母鸡"（没准是公鸡）来，我对钱锺书先生平添十分的敬意。

遗憾的是，现在报刊编辑编发稿子，看名头取定，不管文章好坏，先看是不是要员，甚至打电话落实，如果是大员要员，原文照发，缀上名头，稿费从优，甘为其鞍前马后，还理直气壮。卖蛋配"证书"，但究竟是不是好蛋，或者有再多的证书，也还是要"吃"了才知道的。

广告的"死"与"活"

广告宣传的真正内涵，应该是合理利用资源，注重艺术效果，既美化生活，给人们以美感享受，又达到宣传效果，并不是某些经营者的"赔钱赚吆喝"，搞得既劳民又伤财。如某些地产商每天派发成千上万张广告，可谓印刷精美，纸张高档，逢路人就塞，但收效甚微，大量广告单被人随手扔掉，成为"尸体广告"。铺张浪费的都是大自然的宝贵资源。

过去年代的一些广告，就不相同，讲究环保、实惠、诚信，形式上也生动活泼，随行就市，让人愉悦，印象深刻，至今令人难忘，也给人启发，被称之为"活广告"。

三分卖糖　七分卖唱

二十世纪四五十年代，常常可以看到穿着白西装、白皮鞋、戴礼帽的人站立街头，拉着手风琴，唱着歌。他的旁边有一个三角木架，支着一个木箱（倒不如说是木盒，因为很薄，也不大，像一本书打开着），隔着玻璃，可以看到木盒里展示的一块一块白色的梨膏糖。

老太太吃了我的梨膏糖啊，有说有笑寿命长啊，呜哩呜哩郎啊，呜哩呜哩郎！小妹妹吃了我的梨膏糖啊，走起路来真漂亮啊，呜哩呜哩郎啊，呜哩呜哩郎！……

他这么一唱就是一天，说实在的，真正吸引人的，并不是他盒子里的糖，而是他那一口浓郁的吴音唱腔。

虽然满口吴语，但大伙还是能听得懂，他也老不"词穷"，花样翻新，唱罢老人唱小孩，唱罢春夏唱秋冬，唱罢天文唱地理，围观者听得津津有味，他也似乎并不在乎有没有人买他的糖，围观的人越多，他唱得越起劲。但奇怪的是，每天天黑前，他收拾摊子时，糖也奇迹般地卖完了。

有一次，出于好奇，我向妈妈要了几分钱买梨膏糖甜甜小嘴，只见他用镊子夹住一大块压有方格的糖，轻轻一按，糖片就整整齐齐断开，他夹了一小块四四方方的糖递给我，入口，味道真好！凉凉的，滋味儿至今不忘。难怪，唱得好，糖也好吃。

唱是一种广告宣传，"三分卖糖，七分卖唱"，广告的力度很大，也很有效。梨膏糖本来就是以市井俚人、野老椎髻为主要促销对象，适宜于唱销，易于传播，易于记取，以音乐形象把梨膏糖介绍给人们。

叫人诧异的是，梨膏糖何以与音乐结缘？就连生产工艺，也有歌唱道："一包冰屑吊梨膏，二用药味重香料，三楂麦芽能消食（山楂可以助消化），四君子打小囡痨（中药使君子可驱虫），五和肉桂都用到，六用人参三七草，七星炉内生炭火，八卦炉中吊梨膏，九制玫瑰均成品，十全大补共煎熬。"我想，这歌是制糖人的专利，也可能与梨膏糖的首创人喜爱音乐有关，至于制作梨膏糖的老祖宗是谁，已经无法查考，因为梨膏糖历史悠久，据说起于唐朝，盛于清朝。

梨膏糖以前是手工制作，工艺很讲究，采用梨子、老姜、红枣、冰糖、蜂蜜熬制。吃起来芳香适口，可以润肺、化痰、止咳、安神，很受欢迎。也有的用纯白砂糖与杏仁、川贝、半夏、茯苓等十四种药材熬制而成。

梨膏糖用料各有不同，口味也不尽相同，但共同的一点是没有任何化学添加成分，真正的纯天然，真正的童叟无欺，颇具特色。正如歌里所唱的，"吃了我的梨膏糖，生活更美好，身体更健康"。

马路乐队

在城市长大的孩子，对二十世纪初、中期街头的鼓乐队一定留有很深的印象。那时候一座城市究竟有多少这样的鼓乐队，没有人进行过社会调查，只知道每一支乐队20多人，穿着整齐，像军乐队，有"洋"鼓、"洋"号，如拉管、圆号、小号、黑管、萨克斯……设备齐全，吹吹打打，行走在街上，很吸引人，但绝不会影响交通。

那时候，交通没有现在这样繁忙，公交车尾部有个锅炉，烧木炭产生汽，名副其实的"汽"车，司机每隔不久要跑到车尾加炭，这样车速自然很慢，车次也不多，人们习惯走路，很少有挤车现象，私家车也很少，马路上很清爽。记得在长沙居住时，我曾见过这样的乐队，乐队从南门口到北门湘雅医院，经过黄兴路、蔡锷路、中山路……有时从大西门、小西门、天心阁到韭菜园……都是在马路中间列队前行，乐队夹在三队人马中间，两边是肩扛广告牌的人，广告牌是朝两边展示，站在街边儿就可以看清楚。比如：新舞台今晚有某地京剧团献演《贺后骂殿》，某国药店隆重推出虎骨膏药、鹧鸪菜、肥儿糕，一乐也美发厅推出新式发型，武林高手某某来长沙设擂，黄金戏院有名旦某某某莅长短期演出……每块牌子内容不同，浩浩荡荡，贯穿长沙城大街小巷，乐队一边走，一边派送戏单、广告品。

这种鼓乐队，实际上由广告公司经营，用现在的话说是"媒体"。把一些广告业务包揽下来，用"米老鼠搬家"的形式，吹吹打打，起到很好的推销效果。

那个时候，报纸很少，发行量也很有限，虽然也登一些广告，但宣传效果远不及这种游行鼓吹的效果。老百姓不花一分钱，看了鼓乐表演，听了西洋乐曲、中国流行歌曲，还获得了信息，真是很值。打广告的商家也很有面子，一下子轰动全城，带来人气。

现在车多人也多了，到处车水马龙，鼓乐队已经淡出历史舞台，想站在马路边静听莫扎特、巴哈的乐曲（尽管不是很地道），也只能是想想而已！

不过，人们心里，还是记得那一段岁月，那鱼贯全城而又伸手可及的响当当的"自媒体"。

"上海的光辉照到了马家河"

我在湖南湘潭马家河镇，曾见到街旁颓壁上用白色广告粉写着十来个斗大的字：上海的光辉照到了马家河。字很方正，并用蓝色框边，很醒目。什么意思？一打听，才知是上海的光辉牌洗衣粉到货了，大概质量好，成为乡镇的抢手货，家家盼望已久。真是好酒不怕巷子深！

说到湖南，不禁想到，湖南宁乡人说话有一种格外的湘味，声音尖尖的，音域窄小，调门高，"吃饭没有？"宁乡人说出来就是"恰（吃）饭冒得哪？""饭"不读"fàn"，而读"huǎn"。毛泽东说的就是地道的宁乡腔，因韶山离宁乡很近。他走路的姿势，也是双手向身后甩动，像一个老农，影视剧演员演他，很难有演得神似的。

宁乡人的口音就是活广告，挑担子的行脚商，如收荒货（收购破铜烂铁、牙膏袋子、玻璃瓶子、牙刷把子……）、打人参米（爆米花）、补皮鞋套鞋、修阳伞雨伞……走遍三江四水、街头巷尾，只要用宁乡腔高声一吆喝："修——皮鞋（hái）套鞋（hái）哪!" "整——阳伞雨伞啵!" "有阳伞雨伞修的啵哪?" 抑扬起伏，悠远苍凉，这样一"唱"，马上就有人围拢来，请他修修补补。也有不吆喝的，手里提着一串用绳子穿连的铁片，一块挨着一块，看上去像一个"多"字，用手一甩，"多"字就发出一串清脆悦耳的声音，很好听。

宁乡补伞匠也了得，行头简单，一把伞骨、伞把，算是配件，还有针线、锤子、皮纸，担子边上挂着两个醒目的竹筒，一个大概盛着胶水之类，另一个盛的则是绛红色的染剂。

阳伞（布伞，也叫洋伞）伞骨子折断，换一个配件就可以了。但换伞骨是要动"大手术"的，整个伞要被大卸八块，把断骨取下，换上新骨，然后重新装好，发现哪里有小毛病，附带修整，然后上点油，伞就整旧如新了。

而纸伞就不同，主要问题在伞面，也就是纸面，通常是补漏。先将伞撑开，哪里破了，用一张极薄的皮纸补上（极似丝织品，乡下用来糊窗户），刷上胶水胶住，等到晾干，再刷一层胶水，又补上一层皮纸。这样反复一层一层补上去，补过四五层，然后翻过来，里面还要补几层。补好后，补丁的颜色是白色的，跟伞的颜色不一致，于是竹筒里的绛红色颜料就派上用了。过一会儿，又刷上一层桐油，顿时伞面"容光焕发"。补过的伞，很结实，再用几年没问题。

曾听说福建盛产纸伞，结实耐用，去年十月到莆田开会，特意到福州市几家商场看了看，并未见到什么纸伞，只得怏怏而归。我想，连盛产纸伞的地方都不见纸伞，难怪宁乡佬一个个都改行了，再很难听到吆喝"整阳伞雨伞"了。

活广告真是生动活泼，也很环保，可惜独门绝活，眼看着一天天式微，成为历史遗迹了，看着满墙满地的"死广告""狗皮膏药"，报纸上整版的广告，电视的呆板图解以及过分吹嘘，总使人想起那些年代的十分活跃的吹打弹唱，可以与"上海的光辉"一样，给人们留下深刻的印象。

审主题

——编稿手记之一

文章的主题，一言蔽之，可以扩展生发为千万言，也可以简约为一两句话。

主题有精纯和驳杂、正确和邪陂、高和低不同，要取法乎上，要慎辨，不然就差之毫厘，谬以千里。清人刘熙载在《艺概·文概》指出："法以去弊，亦易生弊，立论之当慎，与立法同。"又说："有俊杰之论，有儒生、俗士之论。利弊明而是非审，其斯为俊杰也与！"这就说到立意的重要性，路头要对，路头一偏，就愈骛愈远。

文章的章、节、句，均要为主题服务，当重则重，当淡则淡。不可文不对题，硬出意见，而要通过题材、内容，自然引申出应有之义，以主题制约全篇，治繁以简，一线到底。脉络清晰，线脚缜密，百变不离其宗。"文有仰视，有俯视，有平视。仰视者，其言恭；俯视者，其言慈；平视者，其言直。"（刘熙载《艺概·文概》）可见，行文也有一定规矩，要有文采。《左传》："言之无文，行而不远。"说的也是要有文采，没有文采，就不能传播开去。

要做到这一点并不容易，立论空泛，下笔千言，而言不及义，反复研读，不知其所言何意也。对空放烟花，五彩斑驳，流霞满眼，但转瞬即逝。为文则迥异，题义尖新，而字字如兵，非将不御，非鹄不志，聚而不散，方可入眼入心。

案头有一篇稿《头脑比头发更重要》（作者齐九鹏）——

头发，与生俱来。或秀发似瀑，或头楂如针，各取所爱，无一定之规。

但是，面对他人的浓发，一些曾经头发茂密如今渐渐稀落，甚至"寸草不生"的人，便颇多感慨了，美国秃头人协会的会员们就多有"站在镜子前的恐惧"。据他们介绍，有因头顶无发而失恋的，有因之丢掉工作的，顶级失望者还有自杀的……让会员们最不能容忍的是有发人站着说话不腰疼地对他们进行奚落。

有无头发，有时不以人的意志为转移，关键在于与谁比，怎样比。喜剧演员陈佩斯本有一头乌发，却宁愿剃发如僧，当了光头明星。

既然如此，一个人头发多寡，实在没有必要在情绪上大动干戈。本来，对事物的看法就仁者见仁，智者见智。比如，早在那个"秃头人协会"没面世之前，就有针对头发稀少者的溢美之词，如："贵人不顶重发""聪明绝顶"等。当然也有对浓发者的赞美。古时美洲人曾把重发喻作"王冠"，足见头发对他们的重要。中国清代人看重留辫子，绝不亚于古时美洲人崇尚的重发，也曾出现宁被砍头，也不能剪辫子的"壮士"。

虽然说"身体发肤，受之父母"，但现在你要染黄发、红发，或杂色发；你想蓄长发，剪短发，抑或明明有头发，却故意让其"寸草不生"，这都是你的自由，别人很少干预了。即使干脆不长头发，也大可不必为其伤心落泪。头脑比头发更重要，一个人若被看作"很有头脑"，绝对比说他"很有头发"的感受要深刻许多。比如，一个中科院院士的"聪明绝顶"，与一个美发如瀑却头脑空空的人站在一起，人们要夸赞的不会是头发，只能是头脑。

（原载于《人民日报·大地》2001 年 7 月 28 日，有改动）

此文主题本可以一句话说完：头脑比头发更重要。但作者生发开来，成了一篇很美妙的文章。

作者很巧妙地运用了还原论证手法，指出对于头发，不同人有不同的看法。——美国有秃头人协会：会员们虽然因各种原团秃了头，但能同病相怜。喜剧演员陈佩斯：甘当光头明星。古时美洲人：喻重发为"王冠"。中国清代：看重辫子，有宁愿杀头不愿剪辫子的"壮士"。这一段文字，把头发这个受之于父母的宝贝的"地位"界定了，说明头发的多寡对于我们来说是无足轻重的。这一段生发，对深化主题是重要的，为"头脑比头发更重要"的立意做了细致的铺垫，可谓无懈可击。作者并不着墨于头脑是如何重要，而是把头发的文章做足，这样水到渠成，只需三句话，就把主题托出："一位中科院院士的'聪明绝顶'，与一个美发如瀑却头脑空空的人站在一起，人们要夸赞的不会是头发，只能是头脑。"行文至此，妙不可言。

通篇无一闲字，且线脚严密，文字典雅，逻辑性强，使得文章主题神采奕奕。

分凫鹤
——编稿手记之二

　　庄子在《骈拇》中说："长者不为有余，短者不为不先，是故凫胫虽短，续之则忧；鹤胫虽长，断之则悲。"这意思是说，凫腿很短，鹤腿很长，但是鹤并不因腿长而显得多余，凫呢，也不因腿短而忧虑不能争先，都是造化使然，如果硬要将鹤腿截取一段，安到凫的腿上，那就违反了自然造化的规律，违反了事物的本性。文章的长短也应该是这样，当长则长，当短则短，能短的不要硬往长里拉，诚如鲁迅所言，写后多看几遍，尽量把可有可无的字、句删去，而不应该胡乱填塞。现今为文，有以下三种"续凫"法值得注意：一是引经据典，东拉西扯，与所述内容并不相干。二是套话成堆，口号成串，假现成以免思索。三是俏皮话过多，卖弄噱头，假脂粉以见风姿。花里胡哨，说破却不值半文钱。当然，刻意求短也不见得是好文章。

　　能于浅处见才，方是文章高手，古人这么认为。写文章不能泥古，不泥古方能出精神。但并不是不能引用典故，有人反对用典，认为一开篇就直奔主题为好，我以为这样难免有失浅白。能适当用典，使主题深化，思想深刻，应该说是绝妙的文字。我们反对长而无物，主要是指那种断鹤续凫的做法，乱加填塞，毫无生气，徒然浪费读者的时间。

请看张远山的《蜗牛》：

世界上最自卑的就数蜗牛了，他终生背着巨大的罪恶感。

世界上最自负的就数蜗牛了，他终生负着沉重的纪念碑。

蜗牛是悲观主义者，他带着房子旅行；他怀疑没有人会愿意与自己分享卧榻。

蜗牛是乐观主义者，他带着房子走路；他相信任何地方都是阳光灿烂的家园。

蜗牛心情忧郁，他为过去的行迹涂上闪闪发亮的光环，他想隐瞒自己过去的出身，过去的卑微。

蜗牛心胸坦荡，他在走过的地方留下闪闪发光的痕迹，他不隐瞒自己走过的弯路，犯过的错误。

——蜗牛就是这么矛盾！

因为蜗牛就是芸芸大众。蜗牛从来就是奴隶，是餐桌上的美味佳肴：他们不得不自卑，不得不悲观，不得不忧郁。

蜗牛被告知创造了历史。蜗牛突然成了主人，成了世界的名誉主席：他们很愿意自负，很愿意乐观，很愿意坦荡。

哪一天蜗牛不再是名为主人的奴隶，哪一天蜗牛才能不矛盾，才能扔掉罪恶感，也扔掉那纪念碑——它们都是自由的枷锁。

这篇文章总共 300 多字，把蜗牛的特点写得惟妙惟肖。当然，文章主要是借蜗牛写人。文章的特点是短，而内涵极丰，读后耐人寻味。《蜗牛》是一面镜子，从镜子里我们看到了自己。

作家的功力，不光在驾驭文字，更重要的是在眼力，能够洞察社会，洞察人生，有着强烈的正义感、使命感，褒扬真善美，贬责假恶丑。在文字运用上，往往随物赋形，无一定势，只求达意，不务华美。这篇短文，一共用了六个排句，用正负对列，写出蜗牛矛盾的一生。也正因为矛盾，蜗牛便成为"佳肴"，成为"主人"，成为"奴隶"……但蜗牛若不摆脱自己身上的枷锁，便永远改变不了矛盾的命运。排比句的使用，在这里是很有独到的功夫的，作者若不是精于文字，难以用三四百字的篇幅完成全文。通常的写法是将蜗牛描绘一番，然后加以发挥，议论几句，结尾说几句俏皮话，既俗套，也难免浅陋，读读此文，可以得到启发。

鲁迅先生写过："在我家的后园，可以看见墙外有两株树，一株是枣树，还有一株也是枣树。"（《秋夜》）如果单纯为了省字，改成"可以看见墙外有两株枣树"，味道会如何呢？

断鹤续凫是愚蠢的，长短不同，各有所适，谋篇布局，不能忘记这一点，短文并不要求"断鹤"，而长文也不见得就可以浪费文字，务使达意为妙。

闻而审

——编稿手记之三

写新闻的人，都知道新闻必须具备五要素（五个 W），即何时（when）、何地（where）、何事（what）、何人（who）、何因（why），没有具备这五要素或者只具备了其中某一个或几个 W，就不是完整的新闻，就是五音不全的"演唱家"。这些年，有了网络、微博、微信朋友圈……新闻传播速度加快，有的报刊、电视、广播也跟着转，不容讳言，这被传播的"二手货"，有些萝卜快了不洗泥，其中缺乏五要素的"不合格产品"时有所见。

有一个笑话说，有个人说他看见别人打死了一条蛇，村里人问他，那蛇有多长？他把双手向左右平伸，比画说："这么长。"村里人问："到底多长？"他想了想，把手收拢，在胸前比画："这么长。"村里人又问："到底多长？"他又想了想，伸出一只手，用拇指和中指比画："这么长。"三次追问，三次回忆，三次比画，蛇就短了许多，真正被打死的蛇，其实就那么几寸长，不是他第一次说的近一米长。

这个笑话启发我们，如果写新闻报道，在哪里看见打死一条蛇，是亲眼所见吗？蛇究竟有多长？谁打死的？怎样打死的？是碰上了还是钻进屋里了？为什么要打死一条蛇？

还有一些报道，是上了报纸的，但存在不同程度华而不实或注水现象，这也是应该引起注意的。

2001 年时，读到一篇报道："二十年后人类可以到月球定居"，说是某专家的预言。现在已经是 2018 年了，距预言的时间只差三年了，尚未听说哪个国家有人上月球定居。美、俄宇航员还在探索，连暂住都谈不上，"定居"就更是无稽之谈。月球连人类生存的基本条件都不具备，怎么"定居"？不管这位"专家"怎么说，作为记者，下笔的时候难道就没有想想什么是大话？什么是哗众取宠？所以，五要素就是检验新闻报道的检验口，连何因都未交代清楚，就皇然上版面，岂非笑话？

关于说话要有根据，不要信口开河，哗众取宠，先人们有过很多的告诫。读过《吕氏春秋·察传》的人就知道，那本书里有一个观点，叫"闻而审"，颇值得现在新闻报道者学习研究。这三个字的意思很明白，就是对所见所闻，不要盲从，要调查研究，仔细查证，搞清事情真相。书里举例："宋之丁氏，家无井而出溉汲，常一人居外。及其家穿井，告人曰：'吾家穿井得一人。'有闻而传之者，曰：'丁氏穿井得一人。'国人道之，闻之于宋君。宋君令人问之于丁氏，丁氏对曰：'得一人之使，非得一人于井中也。'求闻之若此，不若无闻也。"

丁家无井，用水不方便，找了一个打井的人（"吾家穿井得一人"），这么一句话，传得纷纷扬扬，都道"丁家掘井掘出一个人来了"。宋君听说以后，就派人调查研究，找到当事人丁氏，结果证实完全是不实传闻。

书中还举了一个例子："子夏之晋，过卫，有读史记者曰：'晋师三豕涉河。'子夏曰：'非也，是己亥也。夫己与三相近，豕与亥相似。'至于晋而问之，则曰：'晋师己亥涉河也。'"子夏（孔子的弟子）到晋国去，遇到一个晋国人在读史书："晋师三豕涉河。"子夏就说："您读错了，不是三豕，而是己亥；你看，'己'与'三'相近，'豕'与'亥'相似。"到了晋国探问此事，果然回答："晋师己亥涉河也。"

"己亥"是时辰，"三豕"是说三头猪，差得太远。

作者指出："辞多类非而是，多类是而非。是非之经，不可不分，此圣人之所慎也。然则何以慎？缘物之情及人之情，以为所闻，则得之矣。"提出"闻而审，则为福矣；闻而不审，不若不闻矣"。

有些传闻，乍看很吸引人，如果"闻而审"，就可以发现其新闻价值的高低优劣，既然听到或看到了，就要根据事物的规律和人的情理，加以研究查证，才能辨明传言的真伪，不被迷惑，杜绝以讹传讹，或者人言人殊，不要捡到篮子里就是菜，尤其是对待重大题材的新闻，更要注意反复打磨，反复审察。

先历寒彻骨

读书是件寒、冷、苦的事情。过去指冷寂的读书之地为"寒窗"，谓之"自甘寂寞""坐冷板凳"，甚至因读书导致贫穷，那就更苦。朱买臣光读书不上班，导致家贫，只好以砍柴为业，卖柴时还手不释卷，妻以为羞，和他离了婚。家境较好的读书人，读闲书打发日子，觉得快乐，那是另一种读法，但要是换一个环境，就不会是"羲皇上人"了。

奥地利作家斯蒂芬·茨威格的小说《象棋的故事》里有个 B 博士，被关押在纳粹集中营里，精神备受折磨。他竟趁一次候审的机会，偷来一本棋谱，悉心研读起来，从此在象棋技艺上大获启发，出狱后成了赫赫有名的象棋冠军，铁窗苦读改变了他的一生。这是外国小说里的故事，说明逆境苦读，也可以成就人才。

什么是苦？"生不得志，攻苦食淡；孤臣孽子，卧薪尝胆"，"子卿（苏武）北海之上牧羝，重耳十九年之羁旅，呼吸生死，命如朝霞"，有人说此乃人生之大苦，信然。汉王章长安赶考，与妻共居。

章读书读得病倒了，没有被子盖，卧牛衣中，想起自己命运不好，自料必死，与妻子泣别。都是人生逆境，苦不堪言。但发愤攻读，总有"天生我材必有用"的时候，这样来看，读书又何尝不是一件苦中有乐的事情呢？皓首穷经，那是很高层次的阅读，包括索引、考证、爬罗剔抉，穷究其源，常常"不知明镜里，何日得秋霜"。虽然苦，衣带渐宽，人亦憔悴，却是积累了一笔丰厚的精神财富。平常读书，孜孜不倦，能够明理，升华情操，就是平常说的"开卷有益"。实在地讲，没有哪个编辑不读书，不爱书，读书多，丰富了自己的阅历和知识，而不是用来炫耀自己。当然，读得多不一定都用得上，一壶子汤圆倒不出，也是常有的事。有的编辑，非常有学问，精通几国语言，但实际工作就是编稿，我觉得，他的学问是没有浪费的，用在了实际工作中。

读《红楼梦》是赏心乐事，但要考证渊源，就得吃苦。读小说，读"动漫"，读名人传记，与读有关本业的东西是不同的。但有些"快乐"的"热门"书，读不读都可以，有些"坐冷板凳"的书，却是花钱也应买来读的。"本来，有关本业的东西，是无论怎样节衣缩食也应该购买的，试看绿林强盗，怎样不惜钱财以买盒子炮，就可知道。"（鲁迅《致赵家璧》）这样一来，自讨苦吃，苦中求乐，就成了中国读书人的习惯。

超市里成堆的装潢很漂亮的"经商指南""炒股要道""脑筋急转弯"以及"风水先生"……进口纸，烫金字，还有密封卷——先付款后开卷。买不起，读了也无益，无异于"新袋子里的酸酒，红纸包里的烂肉，那结果，是吃得胸口痒痒的，好像要呕吐"（鲁迅《我们要当批评家》）。

现在情况不同了，读书讲务实，学以致用，学以增长知识。图书馆共享项目越来越多，读者也渐多了，成为读书人的乐土。有些图书馆专为盲人设置阅读器，虽然有待完善，但已经可以看到不少盲人光顾图书馆，在盲人阅览室学习用阅览器读书看报。

不妨说，读书本身的冷热都不是坏事，关键是能学到知识。佛教禅宗的北渐南顿，就是讲悟道的殊途而同归。能悟道，十字街头也能参禅，不能悟道，把经书读破，也不过是谤佛。用功之妙，存乎一心。"躲进小楼成一统，管它冬夏与春秋"，读书应作如是观，平心静气，如琢如磨，如切如磋，弱水三千，取一瓢饮，然后甘苦自知。适当进行一些有益的读书活动、爱书活动，走出书斋，参加一些交流活动，不无好处，但不能"大呼隆""活动"一多，一"化"起来，我不知真正的读书人如何打发这些日子。

读书何时有过"爆冷门"（热效应）的事？很少。因为读书是实实在在、平平静静、持之以恒、摈弃功利的事情。只说清朝因康熙看重读书人，遂使读书成为"时尚"，有人即使不读书，出门时也刻意将嘴唇涂黑，这叫装门面，佯装清高，表示吮过笔头，是很有身份的人。——这是清代读书的"爆冷门"，并非真真切切求知。

永怀谦卑心

俗云：编辑工作是为人作嫁衣。当年我跨进编辑部的时候，就意识到，这是一个谦卑的事业，也是神圣的事业。

回想几十年来的工作，虽不是贾捐之《与友人书》里说的"大丈夫以凌云之志，而俯首书案之间"那么高尚，但也确是"午夜一灯，辰窗万字"，辛劳有以。收获的喜悦之花，时时绽放在每一期的版面上。

我庆幸自己走上这条道，很多老一辈作家都是编辑出身，如鲁迅、茅盾、巴金、孙犁……他们教导我，当编辑，要具备谦恭之心，最忌讳"关老爷卖豆腐，生意不大，架子不小"，为人作嫁，本身就是谦卑的事业。

我工作的对象范围较广，特别是有的老学者、老作家、老科学家、老教授，他们有的不大习惯接待来访，较少应约写稿，只想安安静静地做点学问，写点东西，可谓"古来圣贤皆寂寞"。有位摄影家说，有次他给茅盾先生拍张照片，老先生很紧张，选了好几个角度，最后请他站在他写作的桌子旁，当相机举起的那一刻，他发现茅老的手紧张得微微颤抖。

有同仁说，与这些老师交往，要搞点"渗透法"，像"风"一样，"徐徐"接近，不要搞"突然到访""录口供"式，总之，不能故作谦卑，在他面前，你确确实实是谦卑者，不懂得的东西太多。

谦卑不是装的，下面这篇采访回忆，记者的谦卑溢于言表，写的都是很细小的情节，没有更多"重大发现"，从细枝末节，把施蛰存先生的饱学、幽默、和蔼，写得生动感人，形神毕肖，而且笔调质朴自然，可以想见是一篇很成功的采访：

1995 年 6 月，我以《交际与口才》杂志记者身份去采访施蛰存伯伯，相隔 16 年，……施先生满口上海松江话，谈吐风趣思想新潮。"先生不出门，能知天下事"的秘密在于他坚持看报看电视新闻，从每个到他家落座的客人嘴里掏"小道新闻"。所以谈话中，施先生永远不会是落伍的"老古董"。由于施先生听力不好，他手里握个助听器，我们谁一说话，他就将那只助听器伸过来对准谁的嘴巴，那神情，仿佛是一个电视台资深老记者在现场采访。我拍马屁说："施伯伯你现在是宝，是国宝，大熊猫！"施伯伯接口道："我这种宝是没有用的，这种宝只好坐在房间里，我倒是有许多事情没有做完，来不及做，怎么办？研究生也不来。"此时，施伯伯再次提到许多事情没做完，焦急加上无奈的情绪让我不忍看下去，我不知道说什么才能安慰他，只能怪自己能力太差，嘴太笨。

虽然姐姐已带我去认过施伯伯家的门，但我平时还是不敢去打扰老人。一天，我拿着刊登有我写的文章《"一不拍马屁，二不骄傲"——施蛰存先生访谈录》的杂志上门去送，施伯伯果然仍坐在面街的房间写字台前，台子上摊着很多纸片和书籍。我带去一罐日本茶，告诉他，去超市找他喜欢吃的菜包乳腐，没有找到。我问他还想吃什么？施伯伯摇头说，什么也不要，吃得很少很少。

施先生是个地道的老上海，对于当年繁华的"十里洋场"颇有怀旧之感。如今他已经长久没出门了，所以颇为好奇地打听，现在外面"公司菜"多少钱一份，我知道他指的是类似红房子西餐馆那样的地方，中午的商务套餐，就告诉他。那么，芒果外面有卖吗？比萨饼多少钱一个？我一一告诉他后，说要买了送去给他吃，他连忙摇手道："我想吃我会叫儿孙买．我有钱，钱对于我已经是没有用了，我老了，吃也吃不下，穿也不要穿，钱是没有意义的！"

离开施伯伯房间时，我有点依依不舍，施伯伯目送我，忽然他叫住我，让我把头上戴的凉帽转动一下，将一朵花放到耳朵处。他说，过去的女人也戴帽的，花放在脑后不对，放侧面才好看！那一瞬间，我耳热心跳眼眶也红了，望着亲爱的父辈施伯伯俏皮的表情，嗫嚅着说不出一句话来。那样亲切美好的一个场景，就这样永远地留在了我对他老人家的记忆之中了。

（孔明珠《曾访施蛰存老人》，原载于《新民晚报》2010 年 7 月 16 日）

这篇采访，并没有重大、重要的内容，但使我们对施老的亲切、博闻强记，如闻其声，如见其人，读之令人眼热。

这使我想起老作家孙犁回忆他的编辑生涯，使人读了感慨万端：

我编的刊物虽小，但工作起来，还是很认真负责的。如果说得具体一点，我没有给人家丢失过一篇稿件，即便是很短的稿件。按说，当编辑，怎么能给人家的稿子弄丢呢？现在却是司空见惯的事，特别是初学者的稿子，随便乱丢乱放，桌上桌下，沙发暖气片上，都可以堆放，这样丢失的机会就很多了。……

……近年，我的工作，投稿多于编辑，在所接触的编辑中，广州一家报纸的副刊，给我的印象最深刻。稿件寄去，发表后，立即寄我一份报纸，并附一信。每稿如此，校对尤其负责。我是愿意给这样的编辑寄稿的。按说，这些本来都是编辑工作的例行末节，但在今天遇到这种待遇，就如同见到了汉官威仪，叫人感激涕零了。

（孙犁《关于编辑工作的通信》）

这些意见，今天读来，并不过时。现代科技进步，报纸刊物电脑化、新媒体、互联网四通八达，但兴一利必生一弊，一些报刊，还真有"汉官威仪"，不好接近，报头上虽有地址、电话、邮箱信息，但都形同虚设，"应怜屐齿印苍苔，小扣柴扉久不开"，墙内墙外，春光不能共享，敬畏之心不在墙内，而在墙外了。但稿子的质量、文化的厚重、情感的真挚……这些珍贵的"成色"，你把门关得死死的，在里面孤芳自赏，他们就会离你而远去。

为人作嫁，谦卑之心是必要条件，任何时候都不能以俯视的眼光看待读者和作者，尤其不应该睥睨采访对象。对老一辈作者，更应怀着敬畏之心。毕竟自己刚走出校门，也许自己的老师，原本就是他们的学生，你反过来指教他们，要知道，你毕竟是个"裁缝"啊。

所以，我常常想，除了为人作嫁，也应该时时记得给自己作嫁，这个"作嫁"，就是不断完善自身的文化修养、品德修养，"夫面之不饰，愚者谓之丑。心之不修，贤者谓之恶。愚者谓之丑犹可，贤者谓之恶，将何容焉？"这是蔡邕《女训》里的话，实有广义，当编辑自作嫁衣，常常需对镜，饰面之时不忘修心，谦卑自矢，是很有必要的。

笔文化

中国人写毛笔字，历史悠久。作为中华儿女，如果不了解毛笔，是很遗憾的事情。自称是中国人，写起字来握笔的姿势都不对，对笔史一无所知，岂不让人笑话？比如：在没有纸帛之前，是以刀笔为主要书写工具，往竹简上刻。后来进以竹挺蘸漆书写，再后来就用毛笔了。毛笔的毛，包括哪些？最初是鸡狼毫，抑或是紫毫（兔毛）、羊毫？如果说是，那就错了。《笔墨法》曰："作笔当以铁梳梳兔毫毛及羊青毛，去其秽毛，使不髇茹。羊青为心，名曰'笔柱'，或曰'墨池'。"可见，最初还是以兔毫为主，及后才是羊毫。

陆放翁在《陆游自书诗帖》卷后自跋中写道："近诗一卷，为五七郎书。嘉泰甲子岁正月甲午，用郭端卿所赠猩猩毛笔，时年八十矣。"猩猩毛制笔，盖取猩猩身上细软之毛，制成毛笔，这种笔，比之紫毫，硬度更大，更富有弹性，使用者非有相当书法功力不可，细看其笔迹，饱满酣畅，泼洒自如，更显大家气魄。这种猩猩毛，据说是从古高丽进贡而来。

又《学圃萱苏》载：唐宣州陈氏，世代制笔，家传右军《求笔帖》。一次柳公权打发儿子求笔于宣城，陈氏先给二管，对柳先生儿子说："柳学士觉得好用，就留下此笔；不好用的话，可以退货，我可以给他换常用之笔。"柳公权果觉得不好用，要求换别的笔。陈氏给他换了，并说明："我先给的两管笔，是根据王羲之用笔要求制作的，非右军不能用也。"

柳公权买笔，当然要好，哪知陈氏卖给柳公权的，是"非右军不能用"的笔，柳公权果然不上手，只好换购普通笔。

由此可见，古代买笔，不像现在这样简单，自选交钱，与超市无异。笔店很讲究，买笔先得出示书法作品（等于现在出示身份证），店家根据书法作品的笔力、笔势，选用笔管（粗细轻重）、笔毛（软硬长短），量体裁衣，度"身"定制，定日子取货，绝不马虎，很有讲究。柜台里那么多笔，大都是顾客定制的。尤其书法大家的笔，用以制作的材料不一般，工艺也不一般。据《池北偶谈》卷引宋岳侍郎珂《玉楮集》载，唐时，有刺史赴江西新淦上任，当朝宰相早就听说新淦之地毛笔出名，便托刺史定制一些寄往京城。刺史到任后，寻访制笔佳手，一老父应命，花一百天时间，才制成两管，刺史赶紧派人快马加鞭将这二管笔送往京城相府。而相爷一看，很不高兴，效率这么低不说，还是这样少见的怪笔，拿来试之，连说不好用，这哪里是笔？大怒曰："数千里劳寄两管恶笔来！"刺史闻之惧，欲罪老父，老父诉曰："使君勿草草，我所制的笔，乃按欧阳询、褚遂良所用的标准，没有丝毫虚假，要不，还是请您将相爷的翰墨先给我看看，再制；如果还不行，就是下油锅我也心甘情愿。"结果刺史真把相爷的大作给老父出示，老父笑曰："相爷这字，只消三十钱笔。"不日献五十管，驰上之，相爷一试，大喜，管用！加倍奖励老父。店员看了发笑，说这相爷的字，只够用三十钱的笔，水平也太低了。

现今买笔，就无看样订货一说了，这个传统没有保存下来。只是交钱拎货走人而已。

（原载于《新民晚报》2014 年 10 月 18 日）

书法家是"养"成的

早些年从报纸上读到两则消息，一则是北京市对市内三百多条街道的牌匾和广告牌进行清理，使 1.7 万个汉字重新按规范化书写。另一则是某学校发现学生写作文时错别字较多，特增设书法课以帮助纠正。

我想起一位同事的孩子，去年寒假参加一个书法辅导班学习，据告仅是"运笔之法"就讲了十个课时，老师煞费苦心，学生非唯没有接受，反而如坠五里云雾，未入室奥，如果把这样的书法课搬到前面提到的学校去讲，那效果之差，是不难想象的。

书法不同于书写，书法是书写艺术，而书写的是书法的基础。在学习书法之前，还是应当先把书写的基础打好，也就是先把字写对，再求写好、写漂亮。只有循序渐进，才能登堂入室。从学书法入手解决学生错别字的做法，是值得质疑的。

现在有些中青年书法爱好者，书法的功力是很深的，但由于知识面狭窄，书写上常常不规范，"马"和"馬"、"副'"和"付"、

"书"和"書"混用，谓之"求变化"。中国书法协会一位副主席指出："一些中青年书法爱好者缺乏全面的艺术修养，文化知识修养也欠缺，使之在艺术气质上受损。如在一次中央某报牵头举办的全国书法大赛中，有一位参赛者的书法功力相当好，完全可以评特等奖，遗憾的是不足一百字的短文中，竟有三个错别字，只能落选了。"可见，书法也是一门综合性的学问，要卓然成家，学一点书法以外的知识，是大有必要的。如文字学，涉猎一下，对汉字的结构及其流变就会有一个基本的了解，信息量也就大起来。其他艺术也不妨多接触、多实践，尽可能地使自己艺术修养更全面一些。前人论书，把这称为"养性"，即培养自己的知识修养和艺术修养。历史上有名的书法家大都博学多艺，并不是只擅长单纯的书法。丰富的知识，深厚的功底，使他们的书法具有书卷之气，成为千古不磨的艺术珍品，他们并不只写字匠。

杜甫论诗，强调"读书破万卷，下笔如有神"；子长为文，必周览名山大川然后使文章有奇气，王羲之观卫夫人舞剑而使草书大有长进，都可以说是一种"养"。"汝果欲学诗，功夫在诗外"，以"外功'养'内功"，学习书法何尝不是这样！

从这个意义上讲，帮助学生掌握一点文字学基础知识，培养正确的书写意识，是非常必要的。

孔子的字写得如何

这个问题是鸿文先生提出的。《全唐文》中,有个叫鸿文的老师给学生讲经典,讲完以后教学生作文,但因不擅书法,在弟子面前表现得很尴尬。当时有几位小学(文字学)家就议论这位先生:学识渊博,通晓古今,却不会书法,怎么说得过去呢?鸿文老师听到了,就对他们说:"儒者立足,以学问呢,还是以书法呢?假如是书法,那孔子就没什么值得称道的了。我至今只听说孔子的法典图籍,其他可没听说过。你们徒然学书法吧,无非去记姓名罢了。"("书足以记名姓而已"这话原本是项羽说的,后来成了"刘项原来不读书"的注脚)

孔子时代,还是以刀笔为主要书写工具,由于秦燔的原因,先秦时期的直接史料已经被焚毁殆尽,孔子的著述资料也保留不多,大都是汉儒们复制或编写的间接史料,也就是"二手货","记言多,记行少"。弟子们如何将《论语》刻在竹简上,孔子写《春秋》又是如何成书？是他自己用刀笔"写"呢，还是弟子们记录的呢？相信如果不是秦燔之灾，这些史料都还是会保存下来的。汉儒中的秦学者，包括董仲舒，都无法回答"孔子的字究竟写得怎样"的问题。

民间传说"孔夫子不嫌字丑，只要笔笔有"，说明孔子还是很注重书写的，要求学生写出字来不缺胳膊少腿，不写错。如果字写不好，甚至写出一些错别字，尽管满腹经纶，"一落笔就错"，还是很没面子的。应该说，儒者立足，既要以学问，也要以书法，缺一便成为"跛脚鸭"。

有的教师忙于教学、研究，无暇练字，大量书写工作靠电脑、手机等工具完成，但如果写信、题字、题诗，常常"该出手时难出手"，相信比鸿文先生更尴尬。有学问，有才艺，又能写一手很好的字，"文质彬彬，然后君子"，其门所出，皆儒雅之士，可谓美矣。当然，要求学问家、艺术家、主持人、名人都是书法家也不实际，书法是书写的艺术，被先人们认为是"六艺"中最难掌握的一门知识，并非单纯的书写，也就不能捡到篮子里就是菜。

唐太宗李世民为书法家写"传论"，被史家称为史上罕见。在"传论"中，他历数各家书法之短，而独赞王羲之，认为王羲之的书法"玩之不觉为倦，览之莫识其端，心摹手追，此人而已。其余区区之类，何足论哉"！他认为只有王羲之的书法，才称得上尽善尽美，达到了书法艺术的境界，其他区区都不足道。可见，写字这门学科，达到顶峰是不容易的，炉火纯青，非一日之功。

鸿文老师的"跛脚论"，不合时宜；纠正错别字，直率地说，他应从自身做起。

（原载于《同舟共进》2007 年 9 月）

"诗千改"与不擅改

——再读《续诗品》

清人袁枚的《续诗品》，是续唐人司空图的《二十四诗品》来写的，实际上，二者的角度并不相同，司空图主要是写诗的不同风格，写法上是意象化的手法展现，所谓二十四诗品，即用二十四首诗来阐释，韵味深长，影响深远，甚至可以与西方诗论如亚里士多德的《诗学》和贺拉斯的《诗艺》接轨。而袁枚的《续诗品》只是采取了司空图的语言形式，侧重于创作方法和创作思想、创作态度，总之这两本书都不好懂，实用性也很有限。

袁枚认为写诗并不容易，一挥而就的"高手"，不一定写出来好诗。他举了汉赋的例子。如东方朔，很有辩才，幽默机智，才思敏捷，作赋常常是倚马可待。枚皋十七岁即能写赋，也是文思疾速，受诏辄成。但所作诙谐调笑，类似俳倡，跟东方朔、郭舍人差不多。

而司马相如字斟句酌，反复推敲，写尽胸臆，来得慢，故时有"枚疾马迟"之称。当时公认马赋质量最好，很有内涵，广为流传，有"千金难买相如赋"之誉。枚皋自叹不如，要和东方朔一起学习司马相如行文迟涩，力避熟滑之风。

袁枚此意指：高雅的乐曲不容易演奏（"清角声高非易奏"），难值之花方为瑞象（"优昙花好不轻开"），作诗亦然（"物须见少方为贵，诗到能迟转是才"）。

德国哲学家弗里德里希·威廉·尼采说："母鸡下蛋的啼叫与诗人的歌唱一样，都是痛苦使然。"同样，德国诗人歌德也说过，快乐是圆球形，愁苦是多角形物体，"圆球一滚就过，多角体辗转才停"。他说作诗的过程，往往是辗转痛苦的。"能迟"也许正是酝酿佳作的过程；"倚马速藻"，像圆球一滚即过，"一不留神就当了诗人"，自然快乐得意，但谁会被那样的诗赋感动得刻骨铭心而经久不磨呢？古诗云："谁能思不歌？谁能饥不食？"故诗词欢愉之辞难工，愁苦之言易巧。

中国的古诗词，写愁苦之言占多数，虽有边塞诗之雄壮，苏辛诗之豪放，但终究不是多数，成不了气候，难以压倒哀婉、纤丽的病态，这就形成了中国古诗词阴柔的特质。而这些愁苦之言所具有的艺术魅力，时时感动着读者。就像古希腊的城堡文化，单一性结局的悲剧比双重性结局的喜剧更受观众的喜爱，理由是一样的。人们对此进行过许多探索，有的作家鼓励诗的形式多样化，认为如果诗歌能出现千千万万的不同表现形式，那就是文学解放的日子，虽非一朝一夕的事情，但愿望是美好的。

诗人写诗艰辛，不管是哀婉还是雄壮、豪放，都有一个辗转反侧的过程，这是无疑的。袁枚在《续诗品》中写道：

> 爱好由来下笔难，一诗千改始心安。
> 阿婆还似初笄女，头未梳成不许看。
> 但肯寻诗便有诗，灵犀一点是吾师。
> 夕阳芳草寻常物，解用多为绝妙词。

他把写诗比作妇女梳头，"头未梳成不许看"，即使是阿婆，她也像初次梳头的女孩子一样，一丝不苟，利利索索，才可见人。现在很多诗人写诗，正是袁枚诗所写的，"爱好由来下笔难，一诗千改始心安"。锤字炼句，毫不马虎，力求格律严谨，才可出手与诗友切磋，现在媒体发表，第一个读者就是编辑，也是诗友。

但现在的来稿中，是已经没有"吟安一个字，捻断数茎须"作者卢延让的诗作了，更没有"阿婆还似初笄女，头未梳成不许看"的作者袁枚赐稿，但你不能因此说现在的作者"赐稿"，是未经推敲的涂鸦之作吧。据我所知，有一些作者写成一首诗，也是"一诗千改始心安"，一点儿也不马虎。作为编辑，对这样的来稿，应该慎之又慎，先把来稿反复看几遍，看过后放一放，过几天再细读、研读，不要轻易"斧正"。这一点，我在《永怀谦卑之心》一文也说过，要体会作者写作，多数是"千回改"，自己不满意是不会投寄的，而作为编辑，读一篇稿，应该是从最高境界来欣赏和品评，而不是当成一根绳子，总是从最薄弱的一段断定它的质量，你是编辑，就应该把来稿当书来读；如果你是企业家，你可以把它当绳子来处理。对待来稿，第一义最好是"勿擅改"。

据说白居易在京城入寺见僧念经，便问："世寿多少？"对曰："八十有五。"进曰："念经得几年？"对曰："六十年。"白居易感慨："真是奇怪！虽然如此，出家自有本分事，什么是和尚本分事？"僧无以对。白居易于是作诗曰："空门有路不知处，头白齿黄犹念经。何年饮着声闻酒，迄至如今醉未醒。"白居易的意思很明白，参禅就应该悟道，否则念经一辈子，也不知干什么来的。当编辑也如此，只顾守拙，而未得心法，干得再久，也只是个文字匠。只有"修炼"到心静无念，谦卑矢志，才能从来稿中淘出真金。关键是路头要对，路头一偏，愈骛愈远矣。

（原载于《新民晚报》2018 年 11 月 23 日）

勿使"归卧故山秋"

广东茶楼很多，很多市民把到茶楼叹茶当作生活的一个重要部分。过去有种专门给报纸写专栏的文人，有的写杂谈之类短文，有的写连载小说，他们的作品，大都在叹茶聊天中得到灵感，效率高的，甚至可以同时给几家报纸写专栏、写连载，小说主人公的喜怒哀乐，也往往在此时此地获得灵感。总之，茶楼成了某些人一个重要的生活空间、写作空间。可以交流信息，可以知人论世，即使独酌独饮，也是闹中求静，盘算自己的生计。茶使人们发出心灵的颤动，所以一个"叹"字，真是点睛之笔。刘禹锡在湖南常德居住时，收到郎士元（大历十才子之一）寄来的新制茶饼，品尝着，写下"生采芳丛鹰嘴芽，老郎封寄谪仙家。今宵更有湘江月，照出霏霏满碗花"的诗句，感叹友情的芳香。

宋代起，广东就盛行饮茶之风，有钱人出行带着精致茶具和茶团，随处可以煎烹，三五知己，边饮边聊，一聊就是半天一天，用现在的话来说，是信息交流、感悟交流、心灵享受。后来，由于战乱和灾荒，中原人（即现在客家人的先祖）大举南迁，带来了许多的中原文化习俗，其中也包括茶文化。所以千百年来，广东一直保持着饮茶的古风。茶楼、茶居、茶馆很多，早有早茶，午有午茶，叹茶的人络绎不绝。进得茶楼，热气升腾，云蒸霞蔚，香气扑鼻。

但说到在茶楼写稿，是不容易的。牧惠先生就很赞赏这样的文人，能够闹中求静、心无旁骛，一天写下好几篇东西，寄往报刊，衣食住行的钱就从笔下来。但态度上从不马虎，也不是文字匠，他们甚至比专业写作的人更讲究推敲，"两句三年得，一吟双泪流。知音如不赏，归卧故山秋"。当然除了求得知音赞赏，也关系生计。所以牧惠先生很佩服这样的写稿人，说他们一字一稿来之不易。

编辑与作者，在生活态度和取向上，就像喝茶，进茶馆的人，来饮不同的茶，有喜欢铁观音的，也有喜欢龙井的，也有喜欢大红袍的，饮起来心情也不相同。有的人衣食无忧，茶的味道对他来说，自然和他的日子一样，有滋有味；而生活拮据一点的人，叹茶又是一番情怀，茶到苦处，感叹人生之不易。几杯下肚，甘中带苦，苦中有涩，涩后回甘，其味隽永。犹如夕阳古道，看浮云过眼，往事回首，有甘有苦，几杯过后，荡气回肠。或三五至交，围炉而坐，抵掌而谈，情趣盎然，然而相见时难别亦难，曲尽人散，乍暖还寒，则是另一番喟叹了。有的一家几口围坐而"叹"，也有形影相吊，孤坐独"叹"，各有各的心情，各有各的味道。我常见四代同堂一起去茶楼叹茶，老人行动不便，子孙们就用轮椅推着去，那种孝悌，那份亲情，人情温暖，人见人叹。

广东的茶式很多，不光是喝茶，也有点心之类，如春卷、虾饺、糯米糕、糯米鸡、蒸排骨、油条、烧饼、叉烧包……多达几百种，任意挑选。有人一坐就是一个上午，去晚了就得排队等候。

从叹茶到写稿，我们可以看到人生世相，更值得思索的是写稿人的艰辛与执着，对当今许许多多这样的贾岛，他们的来稿，作为知音的编辑，要好好掂量每一个字的分量，不要使他们失望地"归卧故山秋"。

（原载于《新民晚报》2018 年 7 月 27 日）

多多研究对联

新华社老记者姚平方先生，生前曾在一篇文章里说："他在报上看到被称为'巴蜀鬼才'魏明伦为自贡市灯会征联，出了一长联：'古城三绝：八百年彩灯，两千年盐井，亿万年恐龙。灯会三奇：走马看灯戏，古鳌逛灯山，射虎猜灯谜。人生如谜，岁月如灯。'西安一位老先生对出的下联是：'长安三胜：九百年碑林，五千年轩辕，百万年猿人。秦腔三味：扬沙吼秦腔，新客赏秦韵，洗耳听秦乐。世事如乐，江山如秦。'"姚平方先生读报发现："长安三胜"如何能对"古城三绝"？长安是地名，古城不是地名，三对三，犯合掌，"绝"对"胜"，均为仄声，不能对。他说，对对子要具备声韵、文字方面的功夫，不然就很容易"露马脚"。

我不会写对联，但喜欢读，每每见有好的联句，总要驻足欣赏、反复玩味，

如"浮云游子意，落日故人情""大漠孤烟直，长河落日圆"，从声韵、对仗、意境上都是很有功力的，颇耐玩味。

　　骈文中的偶句，赋文的用典，演化到楹联，便是很好的"对子"。所以说，诗词歌赋是对联之母，而对联又是文学知识的"快餐"。对文学知识的掌握、写作能力的提高，都是很有裨益的。

　　从形式上看，对联是民俗文化，所谓桃符更新，就是指写新春联。远古时代是没有春联的，每到春节，家家户户"贴画鸡，或斫镂五采及土鸡于户上，悬苇索于其上，插桃符其傍，百鬼畏之。岁旦，绘二神披甲持钺，贴于户之左右，左神荼，右郁垒，谓之门神"（南朝梁·宗懔《荆楚岁时记》）。那时候的礼仪是驱疫祈求平安，鸡和桃，"鬼魅所畏也，故能助行逐疫。画以人形，能得不死之祥"。后来桃符板改易纸代，写好之后，刷一层油，能保持很久。

　　但春联究竟起于何时？说法不一，版本很多。有的说是起于明太祖，"帝都金陵，除夕传旨，公卿士庶家，门上须加春联"。那时候叫门帖，朱元璋也曾以门帖赐朝臣公卿，此说有一定道理。自明朝以后，民间使用楹联的频率渐高，坊间百业、寺庙道观、庆典活动、逢年过节、红白喜事，都少不了各种内容和形式的对子，对联文化成为中国最接地气的文化。

　　读《红楼梦》，看到那时候对对子就已经普遍。第五十三回："且说宝琴是初次，一面细细留神打谅这宗祠，……两边有一副长联，写道是：肝脑涂地，兆姓赖保育之恩；功名贯天，百代仰蒸尝之盛。……抱厦前面悬一块九龙金匾，写道是：'星辉辅弼'。乃先皇御笔。两边一副对联，写道是：勋业有光昭日月，功名无间及儿孙。也是御笔。五间正殿前悬一块闹龙填青匾，写道是：'慎终追远'。傍边一副对联，写道是：已后儿孙承福德，至今黎庶念荣宁。俱是御笔。……"所涉对联均与"御笔"关系甚大。

桃符的旧俗仍有保留。"已到了腊月二十九日了，各色齐备，两府中都换了门神、联对、挂牌，新油了桃符，焕然一新。"（《红楼梦》）在曹雪芹那个时代，想必这类文化活动是很盛行的，小说反映的只是当时的一鳞半爪，现在叫"冰山一角"。那时的门帖，在公卿士庶府邸盛行，民间大抵仍以桃符庆春，不及那种雍容华贵。

至于挽联，是带"伤痕"的，追念逝者，文字总是往好里说。生时平平，死后赫赫，就靠挽联的功夫，并不都是大实话，似乎成了俗套。但在乡间，人去世，就很少见到这样溢美的对子。我见到过乡村有人病重，弥留之际，乡邻都到他家里默默守护，人们低着头，抚着那人的手，神情黯然，流着眼泪，及至断气，才听到嘤嘤的抽泣声传出——以这种沉痛送别。我想，除了死者平日的德行可嘉，村里人真挚悲催的感情，也令人动容。这情感平日被封存着，口碑在言谈中，没有什么"功垂千秋""名昭万世""世代楷模""永垂竹帛"之类的"抬举"。倒是夜间，道士在简陋的灵堂所唱的挽歌，却是生死大实话：

日落狐狸眠冢上，夜归儿女笑灯前。

人生有酒须当醉，一滴何曾到九泉？

这其实是高翥的诗句，被拿来做了大实话。

鲁迅先生对此有精辟的见解：

我在写着这些的时候，病是要算已经好了的了，用不着写遗书。但我想在这里趁便拜托我的相识的朋友，将来我死掉之后，即使在中国还有追悼的可能，也千万不要给我开追悼会或者出什么记念册。因为这不过是活人的讲演或挽联的斗法场，为了造语惊人，对仗工稳起见，有些文豪们是简直不恤于胡说八道的。结果至多也不过印成一本书，即使有谁看了，于我死人，于读者活人，都无益处，就是对于作者，其实也并无益处，挽联做得好，也不过挽联做得好而已。

现在的意见，我以为倘有购买那些纸墨白布的闲钱，还不如选几部明人，清人或今人的野史或笔记来印印，倒是于大家很有益处的。但是要认真，用点工夫，标点不要错。

（《且介亭杂文·病后杂谈》）

孔子对颜渊说："窥其门不入其中，安知其奥藏之所在乎？然藏又非难也，丘尝悉心尽志已入其中，前有高岸，后有深谷，泠泠然如此，既立而已矣，不能见其里，盖未谓精微者也。"（《韩诗外传》卷二）这是说学诗的境界，读诗如此，读联不亦乎？任何学问，都有其堂奥，"不能见其里，盖未谓精微者也"，所谓"咏先王之风"，"亦可发愤忘食"，都是只见其表，未能登堂入室，按理还是没有谈论诗的资格。应该像孔子那样，进入奥藏，进入"泠泠然如此，既立而已矣"的境界，如能找到作品中蕴藏的作者的真实情感、情绪，那就更完美了。

坐地巡天万卷书

"邺侯家书多，架插三万轴"，说的是唐朝李泌的书庵，曾经藏书很多。湖南南岳山上的邺侯书院，据说是后人为纪念李泌而建的书庵，纪念而已，院中并没有书。门前石柱刻联"三万轴书卷无存，入室追思名宰相；九千丈云山不改，凭栏细认古烟霞"，出自韩愈手笔，往事云烟，尽来笔底。

这样藏书万卷的私人图书馆，那时是不多的，因为出版发行不易，出一本书，要经过艰难的生产和经营过程。而能收藏这么多书，用于研究，李泌的学习精神，是很了不得的。

熙宁四年（1071年），司马光定居洛阳时，已经52岁了。两年后，他买了二十亩地，修了一座园子，名为独乐园。园中有堂，聚书五千卷，名曰读书堂。司马光就在这个读书堂披阅经书，撰写了294卷共300万字的《资治通鉴》。累了，他就在园中徜徉，活动活动，以垂钓和修剪植物来放松身心。这五千卷藏书，来得不易，他不轻易外借，十分珍惜，他说"贾竖藏货贝，吾辈唯此耳，当极加宝惜"。每当上伏及重阳日，他要将书搬到太阳下晒，防止生虫；读书之前要将几案擦拭干净，垫上茵褥；外出带书，用方板夹住，绳索捆紧，以免书脑和扉页损坏，也免得手上的汗渍将书弄脏；每读完一页，轻轻地用手指"撚而挟过"，不"轻以两指爪撮起"。他的书，读了几十年还是"若未手触者"。

六百多年之后，南方江宁之地也曾出现一座名园，是清人袁枚的随园。园中有一个小仓山房，是他的私人图书馆，藏书也不少，也不轻易外借。

这些私人图书馆，可谓惨淡经营，虽然规模并不大，但折射了先人在学习上的砥砺前行、孜孜不倦的精神。

由于研究方向不同，这些馆藏典籍也不尽相同。李泌的道经、袁枚的诗书，各有侧重，而司马光的书大抵以史籍为主。由于研究的态度不同，重点不同，术业有专攻，各人的治学方式不尽一致，以致对生活的取向也不尽相同。

如司马光的"独乐园"，注重沉静、独思，所谓独乐，并不是"脱离群众"。他对孟子的"独乐乐不若与人乐乐；与少乐乐不若与众乐乐"的道理，不是不懂，他在《独乐园记》里已经写了，认为欣赏音乐［"独乐（yuè）乐（lè）"］是王公大人之乐，"非贫贱者所及也"；颜子"一箪食，一瓢饮，在陋巷，不改其乐"是圣贤之乐，"非愚者所及也"。自比"鹪鹩巢林，不过一枝，鼹鼠饮河，不过满腹，各尽其分而安之"，是俗陋之乐。这就解释清楚了他的独乐园，不过是个很普通、很简陋的私家读书之地，并非离群索居，自诩清高。

袁枚是主张性灵学说的，他的学问做在把酒吟诗之间，广交诗友，不问男女，人生取向如何，诗风如何，坐在一起谈文论诗，切磋交流，取长补短，自成一格，《小仓山房诗集》《随园诗话》《随园随笔》应该说是他性灵学说的滥觞。

李泌更不同，是个政治家、谋士，也是道学家，但他很清高，视冠盖如敝屣，曾辅佐唐皇四朝治理天下，功成身退，远离朝堂，长年隐居南岳，躬耕读书，研究道学，做平民老百姓。到德宗时，为挽救危局，再度出山辅政，时间不长，两年多，便以六十七岁辞世。

联想到杜甫"床头屋漏无干处，雨脚如麻未断绝。自经丧乱少睡眠，长夜沾湿何由彻"。居屋都不保，遑论专门读书写作的私家书屋！通常是怀铅提椠，负笈担簦，行吟天下。杜工部退休后，如果接受应聘，也许有间房子写作，但孔子说过："士而怀居，不足以为士矣！"杜老还是没有去混迹"盲流"。

说到书庵，竟是个国际话题。中世纪后期的英国图书馆藏书的基础竟是私人书庵，如不列颠博物院图书馆，就有斯隆家族、哈利家族和柯顿家族的私藏。公元十世纪以前的英国基督教会藏书，则以抄本为主。牛津大学、剑桥大学和圣安德鲁斯大学等的图书馆的藏书，也主要靠私人捐阅，如汉弗利公爵、中世纪后期达勒姆主教，爱书家 R. de 伯里更是捐了 1 500 卷图书等。英国曼彻斯特古老的切特姆图书馆，是马克思和恩格斯年轻时常去阅读和写作的地方。这些图书馆，作为公共图书馆对公众开放，二十世纪初，又建立全英馆际互借制度，共享的范围逐步扩大。

而中国古代的书庵，大多数是私藏私用，并不外借，相当多的是抄本、简本、帛本甚至残卷。随着生产力和生产关系的发展，藏书渐多、渐全，但仍不可以说尽善尽美，先秦前后的典籍，大都毁于秦燔和兵燹，现存的有一些是由汉儒复制的，属于二手资料，聊胜于无，也是很珍贵的了，但谈到捐阅、共享，在古代中国，尚乏先例，这与当时社会状况和全民知识需求水准有关。

私人藏书有侧重，这是书庵的特点，李泌藏经，袁枚藏诗，司马光藏史，都出于个人研究的方向。现在藏书万卷的学人、编辑已经很多了，大都也有所侧重。就我而言，研究课题时，还是习惯去图书馆查阅资料。

文学批评必修课

一

中国的文学批评，历史悠久。齐梁在文学批评史上，是一个大时代，同时出了两部文学批评专著，一部是刘勰的《文心雕龙》，另一部是钟嵘的《诗品》。两位批评家是同时代人，年龄约相差三岁，他们的崛起，对当时文学发展影响很大，也是文学批评界一件大事。

那个时期，诗风衰落，士族社会以写诗为时髦，流于俗习，诗音靡靡，"庸音杂体，人各为容"。王公缙绅谈论诗歌，更是"随其嗜欲，商榷不同。淄渑并泛，朱紫相夺。喧议竞起，准的无依"（钟嵘《诗品》），且无病呻吟，甚至故实绘章，玩弄文字游戏，"故使文多拘忌，伤其真美。"（钟嵘《诗品》）文学创作良莠不齐，亟待文学批评去进行鉴赏和甄别，以指导创作和引导阅读。于是一些知识分子就着手品评诗文，文艺批评论著应运而生。刘勰、钟嵘就在这种情况下，以批评家的担当，问鼎当时的文学界，开了一代新风。

这一影响，扩散至宫阙，使帝王中能诗者醒悟，走出"玩诗"的窠臼，一改靡靡诗风。据《北史·文苑·庾自直传》："特为帝所爱，有篇章必先示自直，令其诋诃。自直所难，帝辄改之。或至于再三，俟其称善，然后方出。其见亲礼如此。"这一段记录，与《隋书》《文选》所记大致相同。说是隋炀帝很器重庾自直，写了诗稿，先登门请庾自直过目，要他批评指教，允许他严厉斥责，并根据他所提出的问题，加以修改，一而再，再而三，等庾自直说可以了，才捧着稿子出来。

九五之尊，放下架子，虚心向诗人请教，只是一方面，给环境、给政策、支持批评，才是重要方面，值得点赞的也在这方面。

庾自直究竟是怎样批点杨广（隋炀帝）的诗作，批点哪些地方，时至今日，我们当然无从知道，但隋炀帝热心诗文写作，进步之快，文风之清俊敦厚，用语之质朴典雅，是与其重视文艺批评直接相关的，以至于其诗文在诗歌史上占有重要地位。如《春江花月夜》，四句二联，律诗初露端倪：

暮江平不动，春花满正开。

流波将月去，潮水带星来。

又如《野望》，多为后来诗人引用：

寒鸦飞数点，流水绕孤村。

斜阳欲落处，一望黯消魂。

《饮马长城窟》，有大人之雄风：

肃肃秋风起，悠悠行万里。

万里何所行，横溪筑长城。

再看看有关评论：

张溥在《汉魏六朝百三家集题辞·隋炀帝集》中云："陈隋文衰，帝王有作，与众同波。"认为南朝至隋，帝王写诗，不作霸主之语，而与民间风格保持一致，确是一种良好的风气。赞扬杨广诗风功不可没，带了个好头。

王夫之评《泛龙舟》曰："神采天成，此雷塘骨少年犹有英气。"并说能在"百年陈梁诗音靡靡之中，恢复汉民族的诗歌的风骨与精神"，实属难得。《隋书·经籍志》著录《炀帝集》55卷，《全隋诗》录存其诗40多首（见《隋书》）。认为"隋炀帝一洗颓风，力标本素，古道于此复存"。

由此可见，当时杨广注重文学批评，是受《诗品》影响，一个封建帝王，学习写诗，鼓励批评，不说人品纯厚与否，矢志于诗道这一点，得到百姓加分，就是很难能可贵了。也可见能给文学以最高价值与赏识者，在中国文学史上，恐怕也只有这一个时代了。

二

"文学批评"这个概念，在许多人特别是年轻人中还是模糊不清的。

什么是文学批评？既不是"大批判"，也不是"意见箱"。在十九世纪欧洲文艺复兴时期，文艺批评（literary criticism）与研究和确定（study and determine）含义相同，即批评家对作品加以研读之后，从社会学、美学、文学以及作品结构、情境、情感、人文价值等多方面分析研究，给作品一个应有的、客观、公正、科学的定位，而不是说一堆好话完事，也不是提一通意见拉倒。

但是现在文学批评界的情况，并不能使人乐观，那种隔靴搔痒的评论，我们已经看得很多了。特别是近年来，国内文学创作虽然出现不少佳作，但也因为受市场化的影响，文学创作良莠不齐，这是毋庸讳言的事实。一些自费出版的作者，不得不请名家、批评家、大腕儿背书，帮忙推销，而这些背书者，难免有些溢美之词，因为考虑到书的销路，大家帮忙点赞，使自费出版不至于"蚀本"。于是文学批评就成了"文学表扬"，成为"读物"的推销员，文章的好坏就失去了标准，遑论"批评"？于是一些低质、低品的读物也混迹其中，真正的批评家就只能"退居二三线"，马放南山。

真正的批评家，要对文学、美学、社会学、价值学等诸多方面进行研究。克罗齐派的美学家们说，"要欣赏莎士比亚，你须把自己提升到莎士比亚的水准"。这是很中肯的定义。莎士比亚的朋友本·琼森说："只有诗人，而且只有第一流的诗人，才配批评诗。"批评家是时代优秀作品的发现者，时代需要批评家。所以，当作品问世时，不管它是以什么方式"出生"，最好到真正的批评家那里领一个"出生证"。

现代英国批评家理查兹（I. A. Richards）说："批评学说所必倚靠的台柱有两个：一个是价值说，一个是传达说。"

传达即是表达的艺术，"所有的艺术家所接受的训练都在传达技巧方面"（朱光潜语），音乐、图画、诗和小说散文，都是表达的艺术。而文艺批评家，起码应该是一个很优秀的作家，没有对创作的艰苦体验，就没有资格对他人的作品进行研判。这种研判，又应该是相对的，也为"批评的批评"留有一席之地。人们曾反对"四人帮"把文学批评当作打人的棍子，同时也希望文学批评有更科学、更实事求是的研究和确定。当我们读到一本新作时，应该是从一本书的最高境界来欣赏和品评，而不是评论一根绳子，总是从最薄弱的一段断定绳子的价值和质量。

钟嵘在《诗品》中谈到作品及人的品评时说："昔九品论人，七略裁士，校以宾实，诚多未值。至若诗之为技，较尔可知。"可见"品"可以追溯到人物（诗作者）品评，也可见，到魏晋时期，品藻者就开始由对人物的品评推及对诗作自然美和艺术美的鉴赏。但钟嵘慨叹不容易，"校以宾实，诚多未值"，而作为一种探索，未尝不可，但做起来还是不如直接看作品的价值与传达水平。鲁迅指出过："然而批评家的批评家会引出张献忠考秀才的古典来：先在两柱之间横系一条绳子，叫应考的走过去，太高的杀，太矮的也杀，于是杀光了蜀中的英才。这么一比，有定见的批评家即等于张献忠，真可以使读者发生满心的憎恨。但是，评文的圈，就是量人的绳吗？论文的合不合，就是量人的长短吗？引出这例子来的，是诬陷，更不是什么批评。"（鲁迅《批评家的批评家》）曾几何时，"阶级斗争"的绳子，就是量人的长短，也同是诬陷，不是什么批评。这个误区，使我们吃了很大的亏，我们正在走出这个误区。

"末代总编"的佳话

"滚滚长江东逝水，浪花淘尽英雄。"

一部《三国演义》，得失成败，并非一概"转头空"，有些教训，至今被人们引为鉴戒，而非笑谈，还在影响人们的行藏举止。

且说孙权这个英雄，他有优点，爱学习，坐在军帐还刻苦读书，他的聪明仁智，文韬武略，都不离一个"人"字。回头看去，还是有些风光在，实在不能说"转头空"。

我想到一些熟识的报纸总编辑，在我印象中，他们属于学者型的报人，当一辈子老总，虽然谓之领导，但在他们身上能嗅到的只有书卷气息。不会客套，不懂逢迎讨好，不懂金钱交易，不谙舞榭歌台，但对文史哲却很有研究，对好的来稿，对有出息的作者，总是如遇知音，十分重视，亲自签发。常常手执一卷，谈起新闻业务，兴致就浓，如数家珍。

孙权爱学习，他说自己是"少时历诗、书、礼记、左传、国语，惟不读易。自统事以来，省三史，诸家兵书，自以为大有所益"。认识到要从"统事"实践中学习，任贤使能，志存经略。"虽有余闲，博览书传，历史籍、采奇异，不效书生寻章摘句而已。"（《三国志·吴书》）除了自己不断学习，他还鼓励部下多读书。他的部下吕蒙，没有文化，少时还杀过人，犯有命案，经孙策的介绍，投到孙权麾下做事。吕蒙人很聪明，部队穿制服的制度，就是他的想法。他当班长的时候，命令士兵一律着枣色服装，打上绑腿，上操时整齐划一，十分壮观，开了军队制服统一的先例，深得孙权赏识，认为这个人很有头脑，劝导他多学习，"宜学问以自开益"。吕蒙自此发愤努力，进步很大，觉悟也提高不少。有一次行军遇雨，他的部下中有个同乡违反了纪律，拿了老乡的斗笠覆盖官铠，吕蒙以"不能以乡里故废法"，下令斩了这个士官，军中为之震栗。

吕蒙是患重病死的，他死之前已被提升为南郡太守，封孱陵侯，得钱一亿，黄金五百。但他未据为己有，而是存入府库，嘱死后悉数上交，且丧事务约。孙权在公安县得知吕蒙病重，即命将他接到公安，安排在殿内治疗，同时重金悬赏"有能愈蒙疾者"。"时有针加，权为之惨戚，欲数见其颜色，又恐劳动，常穿壁瞻之，见小能下食则喜，顾左右言笑。不然则咄唶，夜不能寐。病中瘳，为下赦令，群臣毕贺。后更增笃，权自临视，命道士于星辰下为之请命。年四十二，遂卒于内殿。时权哀痛甚，为之降损。"（《三国志·吴书》）一名战将，在孙权心中如此有地位，形同掌上明珠，难怪东吴将士打仗如此不惜躯命，如狼似虎。

连敌人也对孙权敬畏有加。据《献帝春秋》载："张辽问吴降人：'向有紫髯将军，长上短下，便马善射，是谁？'降人答曰：'是孙会稽。'张辽后与乐进相遇，言不早知之，急追自得，举军叹恨。"曹操也说"生子当如孙仲谋"，"孙权不欺孤"。

话头回到"末代老总"，这个"雅号"是小记小编们给的。说是大年初一，他不去领导家拜年，而是到编辑部去看望加班的记者编辑，平时他从不接受别人的馈赠，但"部下"谁生病住院了，他准会自掏腰包，赶到医院看望慰问。谁有困难，他会寝食难安，一定设法帮助解决，视小编、小记为宝贝。

后来他退休了，小编、小记们都舍不得，说他也许是"末代总编辑"了，时移世易，以后可能"人才难得"了。

当然，孙权舞枪弄棒，骑马刺虎，毕竟不是现时代的人。但每一个领导者，都应该时常做专业"充电"，像孙权那样，"自统事以来，省三史，诸家兵书，自以为大有所益"。当总编辑，更需"充电"，多读书以自开益，少一些市侩气、政客气，多一些书卷气；但愿有知识、有风骨的总编不再属于"末代"之列。

鸿儒谈笑

俯仰无愧
——访杂文家宋振庭

曾经有一种误解，认为写杂文是发牢骚，发泄不满；还认为杂文作者大都是"草根"人士，唯其无乌纱的挂碍，所以敢说。

实际情况则不然。"处江湖之远，则忧其君"，"草根"人士中确有不少忧国忧民之士，往往通过杂文、时评，表达自己对国家政治、经济和文化方面的真知灼见。但是否就可以说，居从政为官者，就没有写杂文的呢？

我所认识的宋振庭老师（时任中共中央党校副校长），就是个杂文家。他写过很多有影响的杂文，他在杂文集《讴歌与挥斥》中写道：

正好我的书架上并排放着两本书，一本是邓拓同志的《燕山夜话》，一本是姚文痞的《评三家村》，这就使我想到了历史的嘲讽和戏谑的一面。读过几篇《燕山夜话》后，偶然翻开《评三家村》，但见扉页上不知什么时候什么人写下这样两句杜诗：尔曹身与名俱灭，不废江河万古流。

在批评"唯一律"的文中，他写道：

按照这种"唯一律法"的领导人去选择干部时就成为这样："太活泼了不好，不严肃；爱提意见不好，不容易领导；自动性太强了不好，容易闹乱子；完全不说话也不好，太死板了"，那么是啥样子的好？样子就得象他自己（领导人）一样。

记得 1984 年 11 月，他的秘书给我写了封回信，信中说，宋振庭同志"最近身体不佳，一直住在医院，特嘱我写信向您表示亲切问候，并真诚地邀您有机会来北京，有事可联系。他对您的钻研精神很赞赏，希您在今后的日子里做出更大的成绩。通信时可直写中央党校宋振庭同志。"次年元月，我作为杂文编辑，拜访他，与他有了一次关于杂文的深谈。

那次在宋老家人的带领下，到校医院见到了宋老。他很瘦，躺着，见我来了，热情地招呼我坐在他的旁边，跟他说话。

我们的话题没离开杂文，谈及领导干部写杂文，他说，领导干部写杂文的是有很多，但也有不少人不写甚至反对写杂文，或者怕杂文。原因是头上有乌纱帽戴着，那顶乌纱就好比是个鸡蛋，他得小心翼翼，生怕掉下来砸碎了。有的人好不容易从"四人帮"的桎梏中解放出来，回到领导岗位，总想保住这个官，别再丢了；有的人一做了官就变得世故了，胆子更小了，顾虑更多了，学得更圆滑了，办事更拖拉了，说话表态更模棱两可了，见困难绕得更远了，这样的人，他是不喜欢杂文的，也从来不读不写杂文。

但是，既然社会要向前进，就不能没有杂文。他说《解放军报》有个李庚辰（大校主编，文化部正军级主任），就写得很多。"高扬同志（时任河北省委书记）、胡昭衡（时任天津市委书记）是杂文领军人物，徐惟诚（中宣部常务副部长、北京市杂文学会会长）是杂文界扛大纛者，他的不少演讲和杂文，思想敏锐，见解尖新，言辞锋利。还有从省到国务院办公厅领导、部领导，都有杂文好手。"这些杂文，正气凛然，很有见地，也很尖锐。

鲁迅就非常不满子路的结缨而死，说他中了孔夫子的毒，他提倡披发大战，盘肠大战，……这个精神只有最苦难与被压迫的人民才能懂得和掌握，在战斗中的战士们最能理解。

（《讴歌与挥斥》）

宋振庭老师对干部写杂文和写好杂文，谈了很有价值的观点：把官当好，不如把事干好，把书读好，真正学一点《资本论》，读一些马克思、普列汉诺夫、黑格尔的著作，研究社会发展史，学点美学、文学。一席谈话，可谓振聋发聩，我感到，从他那里能学到不少生动形象的哲学、美学、文学，他不是生而知之，而是从读书中来，从实践中来，从思考中来。

我俩谈了很久，但他精神还好，在旁护理的一位大姐，劝他休息。他请她取出蘸满墨汁的毛笔，仰躺在病榻上，无法伏案，就举起双手，在空中悬腕疾书"克定同志教正　请指正　宋振庭　1985，元月十九日"，钤上朱印；但见笔力苍劲、刚正，功底颇深。最后他告诉我："写杂文也要藏锋，要含而不露，一露就要击中要害。"这句箴言我一直记得，以此检测杂文的含金量。

我回到湖南后不久，也就是1985年底，报纸上刊登了宋老师去世的消息，顿时扼腕悲叹。曾有报道说，宋老在逝世前，有一幅"俯仰无愧"的墨宝，写得相当好，我已回南方，未得一见，甚为遗憾。

附记：

此文为首次发表，此次编入书中完成了一桩心愿。宋振庭先生在病榻旁谈杂文的情景，历历在目。后来我才知道，他就是小说《红岩》中"小萝卜头"原型宋振中的哥哥，兄弟中"萝卜头"最小，他们的父亲是宋绮云先生，曾任杨虎城的秘书。

平方其人

每当清晨和黄昏，人们可以看到一位老者在深圳梅林一村的小路上策杖而行，他似乎漫无目的，就这么慢慢行走，一边活动筋骨，一边静静思索。日复一日，年复一年，走了多少路，"画"了多少"圈"，恐怕没人记得清。

这天黄昏，他又出来散步，路过我住的院子门口，站住了，告诉我一个好消息，说他的文集《平方文存》已经编讫，全书有好几十万字，有随笔、杂感、回忆录、图片等，都是几十年的珍贵资料，书名就叫"平方文存"。"平方者，一平方米也"，老先生说了一句，笑了笑。是啊，人站立在大地上，不就只占地一平方米吗？但不同的人，在这一平方米内，人生观、价值观是不一样的。"妙！妙极！"我拊掌称道。他忽然提出，要我题写书名，我顿觉难极。以老先生的诚意和这么大的好事，我是没有理由推托，但我的字写得不好，不懂章法，弄得不好，反而影响书的美观。再说，老先生在文化界、新闻界交游甚广，文集一出，免不得争相索取、传阅，而封面像店面的招牌，那是马虎不得的。谁知此言一出，老先生不高兴了，"就你写，你能写，不要推了"。一边说一边将拐杖朝地上跺了跺。我知道，他有他的想法和打算，不会轻易开口，一开口就大有一言九鼎的味道，只好答应下来再说。

这就是姚平方先生，一位令人敬重的学者、作家、老新闻工作者。

老先生毕业于广西大学法律系，1950 年 5 月从北京新闻学校毕业分配到新华社国际部工作。1959 年从香港回北京定居，他所在的苏联东欧组，当时只有六个人，要分管苏联和其他九个东欧国家，并兼管国际进步组织如世界和平理事会、国际工联、国际民主妇联、国际学生联合会、国际青年联合会等，任务繁重。他被指定管理苏联和国际组织的报道，从中华人民共和国成立初期就开始从事新闻工作，由编辑而后主任编辑，又到《环球》杂志工作。1988 年离休后，任全国记者协会主办的刊物《中国之友》副总编。离休十四个年头了。先生心态好，养浩然之气，以淘书煮字为乐，身体一直硬朗，中气足，嗓门大，气色红润，腰板子结实，他天天都有高兴的事儿。

平方先生与《深圳商报》结缘有年，现在是《深圳商报》的特邀审读员，用他丰富的文字工作经验和渊博的学识，为报纸质量的提高做出了很大的贡献。他的家原本在北京，因喜欢深圳的环境和气候，就来到深圳，住在女儿家。老先生闲不住，成了深圳市图书馆的常客。读书之外，还读报。他读得最多的是《深圳商报》，一读就是好几年。读得一多，也就发现这张年轻的报纸还有一些不足之处，时常有一些差错。

作为老报人，他开始寝食难安。这种硬伤，绝不是小问题，对提高报纸的质量、赢得读者，无疑是一只拦路虎。日子一长，他索性读报时带上笔和本子，一发现问题，便记录下来。夜深人静时，便将这些"俘虏"一一清点，加以审核，验明正身。有时还得翻阅字典、词典，把问题弄准。这些"清单"，就是后来《吹毛录》的蓝本。

《吹毛录》最初发表在《深圳商报通讯》上，当时我是这份理论期刊的责任编辑，并不认识姚平方先生，凭我看稿的经验，觉得这位稿件作者不是一般人。如1997年，他在《吹毛录》里指出《深圳商报》中《名如其人》一文中"甘为牛马段汝耕"，应为"殷汝耕"，并说明"殷汝耕为三十年代初期的大汉奸"，"与……郑孝胥齐名"。没有一定的历史知识，是难以发现这种差错，也难以找出"之所以错"的原因的。又如"但恰好在近几十年来被两代史学工作者中的绝大多数人弃而不顾的'小学'——考据、版本、校勘、辨伪这些基本功夫打好"这句话里的"小学"一词，他认为在"在汉代是指文字学，魏晋之后，音韵学亦编入小学，唐以后，训诂学亦列入小学，此后小学便成为文字学、音韵学、训诂学的总称，为后世所沿用。……我想，可能是作者搞错了，他的意思是指乾嘉学派的朴学，因为乾嘉学派的'朴学'正是搞辨伪、考据之学的"。为了说明这个问题，我想他是查了好几本辞书，加以考证的。我不禁为作者的求证精神所感动，便打电话请他继续来稿。此后陆陆续续收到他的《吹毛录》多篇，每期登一篇。接着他又写来许多的杂文、书评。读他的文章，就像和一个很诚挚、很善良又很质朴的人交谈，找不到半点傲气，更没有颐指气使的架子，完全是一个高素质的老编辑、老知识分子，以其逻辑的力量征服读者，以其渊博的知识启发读者，这样的好文章真是难得读到！后来他寄来一张名片，我才知道他是新华社《环球》杂志的编辑，享受国务院特殊津贴待遇的外国专家。

他还是一个很重情义的人，打电话说要到编辑部来看我，我说"千万别，应该我去看您才是。再说红荔村离报社远，您年纪大，跑那么远不容易"。后来，他和另外几个学者专家被聘为《深圳商报》特邀审读员，他与《深圳商报》贴得更紧了，赶巧我们又都搬进了梅林一村，见面机会多了，有时候散步碰到还聊上几句。

一位老人，除了读书还是读书，除了思索还是思索，我常常想，他的心态，比许多人要年轻。人总是要老的，但是这并不等于对事业的追求也因此"刀枪入库，马放南山"。严羽先生用禅理解释诗理时说，悟道和参禅一样，"乘有小大，宗有南北，道有邪正，学者须从最上乘，具正法眼，悟第一义。若小乘禅，声闻辟支果，皆非正也"（《沧浪诗话·诗辨》）。所谓辟支乘，是自度自悟，明哲保身，声闻乘则由诵经听法悟道，皆是下乘或下下乘，故不足取。这就是说，人对知识的追求，是没有止境的，应该不懈地去"悟"到"第一义"。做到古今贯通，中西融会，了悟于心。有寂静之心，无烟火之气；而非一知半解，浅尝辄止，半瓶水穷晃。这一点，已经有许多科学家、艺术家、新闻工作者做出了表率。姚平方先生也是这样一位毕生求"第一义"的人。所以当我得知他的文集即将出版时，我便很自然地想到，这不是他唯一的成果，一定还有更多的成果。

"路漫漫其修远兮"，学习和思索，将使姚平方先生永葆生命的芳菲四月天。

知人而后知书

蒋元明，《人民日报》文艺部副主任、杂文家。所编杂文先后三次获得全国报纸副刊金奖和两届中国新闻奖。从事杂文、随笔、写作，作品有《怪味品书》《善哉·勇哉·善哉》《黎明风景》《魂系何处》《说三国话股市》等。

这次在南昌参加杂文研讨会，老杂文家《光明日报·东风副刊》主笔盛祖宏老师来到我住的房间，送给我一套《北京杂文选粹》，计有十本，沉甸甸的，大老远从北京提到南昌，实不容易。这十本书的作者有刘征、余心言（徐惟诚）、李庚辰、瓜田（李下）、蒋元明……一共十人，都是叱咤文坛的人物。蒋元明开会也来了，从四川赶来，晚上到的，和我同住滨江宾馆 509 房。我这次赴会，带了他的一本杂文集《怪味品书》，准备开会期间好好品味。现在盛老师送来这一摞书，里面也有蒋元明的《过招》，够我系统地研读一下了，没想到人就在跟前，"与君一席话，胜读十年书"，不如和他多聊聊，再回过头去读他的书，岂不是更有收获？

　　蒋元明先生每天起得很早，几乎是天刚亮就去外面跑步了。他为了不惊扰我，脚步很轻，其实我知道他已经起床，因为我也有早起的习惯，等他轻轻关上门后，我也匆匆披衣出门，到外面吐故纳新。我琢磨他这样黎明即起，已非一日。他每天夜里很晚才睡，读书写东西，非常刻苦，而不管睡得多么晚，第二天照样黎明即起，这是练出来的，靠毅力练出来的。学习已经成了他生活的一部分。他那本《怪味品书》，大概就是在这样的灯下"品"出来的。金圣叹批《水浒传》《三国演义》，脂砚斋批《红楼梦》，想来也是青灯一盏，批到更残漏尽，挥汗呵冻，暑寒不易。而《怪味品书》，不单是品，也有批，里边品了《西游记》《水浒传》《三国演义》《红楼梦》。每品必批，只是他这个"批"，不同于金圣叹那样三言两语，批于天头或字里行间，而是读到某处，浮想联翩，涉笔成趣。这样钟鸣棒喝，以抒灼见而谂识者，很要一点胆识才气。如品《西游记》，读到"孙悟空学有专长，但没有文凭，虽经高人指点，会七十二般变化，一跟斗十万八千里，但这老师也非正式编制，更谈不上名牌儿，结业后只能到花果山自谋职业。猴子心里不平衡，跟天宫的关系处理不好，闹得很僵。后来在如来佛祖的授意下，由观音女士出面，才落实了政策，安排在唐僧的研究单位，护驾出国取经，有了先锋行者的职务。……"看上去像是歪批，但细想，还真是这么回事，对孙悟空如果不这么安抚，不"落实政策"，就不会有取经成功这一节。当然，这么歪批，也是正中现实生活的下怀，说怪不怪，深意也就在此。还有《贾雨村的牌技》，也是把贾雨村搬到现实的太阳下，将他的人格曝光，给"跑官""要官"者画了一个活生生的像。此书的笔法，幽默含蓄，有麻辣味儿，能让你读后会心一笑。像贾雨村这样的人物，在我们的身边不是也有吗？

此外，北京市杂文学会编的十本"杂文选粹"里，蒋元明的《过招》，是从二十世纪八十年代到二十一世纪初所写的大量杂文中选出的，立意新颖，文笔幽默辛辣，时间跨度大，也是一本很好的书。

读蒋元明的杂文后，我认为一个杂文家，首先应该是个明白人、聪明人、正直人、善于思考的人，能从极平常的社会现象中"演绎"出深刻的哲理，而这些哲理又是那样让人信服，发人深省，这就是杂文家的不同凡响之处，是只有从他们身上才能看到的人格闪光点。这些文章中，既没有官样文章的颐指气使，也没有矫揉造作、无病呻吟，或者"愿秋天薄暮，吐半口血，两个侍儿扶着，恹恹地到阶前去看秋海棠"（鲁迅《病后杂谈（一）》）的厌世秀。

蒋元明心里装的人可不少，首先是各地作者。会议期间，井冈山保护区有一位工人作者来看望我们，他穿着很朴素。看上去像个农民，在井冈山跟树木打了一辈子交道，也孜孜不倦地写了很多杂文。闲聊之后，我问蒋元明："你知道他吗？"他不假思索："怎么不知道，他叫叶子。"一个是北京的大报编辑，一个是山区的工人，叶子的名字，装进了蒋元明的心里！

记得邵燕祥有一句话："我一向认为：作家是应该用作品来发言的，读者也是要通过作品认识作家的。"这就不单纯是读读文章，而是通过文章感受作家的人格。但是，认识作家其人后，再来读他的书，也是一种学习方法，往往有新收获。所谓"致知在格物，物格而后知至"（《礼记·大学》）。

马雅可夫斯基说："诗人首先是一个真正的人。"

可以严格地说，杂文也是诗，从某种意义上讲，它比诗更深刻、更博大，也更难写，能把它写好的人，实在是不同凡响的人。

惺惺相惜
——报人范长江与黄药眠的交往

船离开汉口码头时，武汉城已经灯光寥落，黄鹤楼已黯然失色，有人倚着船栏唱着抗战歌曲，偶尔也听得几声老人的抽泣，长江水拍打着船身，发出愤怒的声响，浪花溅起，像被击碎的玻璃，向四方飞散……

陈依菲是黄药眠的难友，出狱后，黄药眠去了延安，陈依菲就在南京《金陵日报》当主编。他和范长江共同组织了一个中国青年记者学会，他任学会书记。

这时候，陈依菲向黄药眠介绍范长江，说范长江是一个好同志，可以同他做朋友，他正在筹划成立一个新闻通讯社，要黄药眠尽快找到他，同他合作一起来做。陈依菲在狱中就知道黄药眠的经历，了解他文字功底相当深厚。陈依菲在狱中的身份为非中共党员，其实却是二十世纪二十年代入党的老党员，他爱国热情很高，对知识分子很有感情，与范长江关系甚好。而范长江已是当时有名的新闻记者，也是救国会的成员，救国会是由左派爱国人士组成，有沈钧儒、邹韬奋、史良等人。

在陈依范的帮助下，黄药眠在武汉见到了范长江，不久他们又一起撤到了长沙，又从长沙到了桂林。他们在长沙只作了短暂的勾留，蒋介石就在长沙实施他的"焦土抗战"，熊熊的大火开始在这座千年古城燃起的时候，黄药眠和范长江乘汽车离开长沙前往衡阳。根据范长江和陈依范的意见，黄药眠和青年记者学会的任重先期赶到桂林打前站。火车车厢已经挤得水泄不通，两个年轻人拼命挤到厕所旁边，找到两个空档坐下来。从衡阳到桂林，火车走了两夜一天，下车头一件事就是去旅馆定两个大房间，为后续部队的到来作准备。

几乎与此同时，夏衍和《救亡日报》的同仁也在战火纷飞中离开广州，经肇庆、柳州，于 11 月 7 日晚到达桂林。后来，夏衍又赶赴长沙，去会见郭沫若和周恩来。

我在 11 月 9 日晚坐火车赴长沙。……一下车，我很快地感到长沙的治安已经十分混乱。……11 日上午，好容易找到郭（沫若）社长和周恩来同志。

（《夏衍自传》）

周恩来很忙，要夏衍先休息一下，并约定第二天下午四五点钟到三厅再谈。

第二天，1938年11月12日，这就是抗战史上有名的"长沙大火"的日子，我按时到水风井三厅，恩来同志正忙着"紧急疏散"，来不及谈《救亡日报》的事了。他对我说："你这次来得不巧，没有时间详谈，但也可以说来得正好，现在要交给你两个任务，一是给你一辆汽车，由你和孙师毅、马彦祥护送于立群、池田幸子去桂林，把她们俩安顿好之后，可以先和克农商量，自筹经费，尽快恢复《救亡日报》；第二，现在战事紧张，第三厅不能再和散在各地的抗战演剧队联系，但考虑到《救亡日报》是公开合法的报纸，所以今后一段时期，各地演剧队由你和他们联系，如有不能解决的问题，可向八路军驻桂林办事处请示处理。"这样，我们就在暮色苍茫中离开长沙。当我们的那辆"老爷汽车"到达下摄司的时候，长沙就发生了大火，我们一行五人，于立群和池田幸子都是孕妇，池田还带了一只她最欢喜的花猫。在崎岖不平的公路上，挤满了达官贵人和军官的家属，和"逃难"的大小车辆，真可以说是"步履艰难"，记不起是11月20日或21日才到达桂林。

（《夏衍自传》）

说到范长江，原名范希天，1909年生，四川内江人。1939年加入中国共产党。1933年起从事新闻工作。

范长江曾任《大公报》记者。1938年与其他人创立中国青年记者学会，同年在长沙创办国际新闻社。后来在香港参加创办《华商报》的工作；担任新华社华中分社社长和华中版《新华日报》社长、新四军华中新闻专科学校校长、中共南京代表团发言人等。解放战争时期跟随党中央转战陕北，负责宣传工作。中华人民共和国成立后历任上海《解放日报》社长、新华通讯社总编辑、新华社副社长（1949 年 10 月 1 日至 10 月 19 日）、《人民日报》社长、政务院新闻总署副署长、国务院第二办公室副主任、国家科委副主任、全国科协党组书记兼副主席等职。

据说，1937 年抗战爆发前后，八路军陆续开赴华北前线，范长江那时在山西战场采访，他找到八路军驻太原办事处主任彭雪枫，要求采访八路军。彭雪枫打电报到延安请示毛泽东，毛泽东回电说：

雪枫：

电悉。欢迎大公报派随军记者，尤欢迎范长江先生。

在此之前，1937 年 2 月，范长江到西安访问了周恩来后，又去延安。到达延安当晚，在窑洞里与毛泽东有过一次彻夜长谈，那次长谈，使他对毛泽东的学识和见解十分仰慕。范长江曾要求留在延安，撰写红军和红军长征的书，但毛泽东认为他留在《大公报》的作用更大，至于写书，以后还有机会。在毛泽东的建议下，他即从延安返回西安，再从西安飞上海。回到上海后，他发表了许多文章，有通讯《动荡的大西北》，批评时局，并披露了西安事变发生的经过以及和平解决的真相，使当时正在主持召开国民党五届三中全会的蒋介石大为震怒。接着他又在《国闻周报》上连载《陕北之行》，向国统区读者介绍根据地的情况和中国共产党的领袖。毛泽东欣喜万分，3月29日亲笔致函范长江：

长江先生：

那次很简慢你，对不住得很。你的文章，我们都看到了，深致谢意。寄上谈话一份，祭黄陵文一纸，藉供参考，可能时祈为发布。

弟毛泽东

毛泽东信中所提到的"文章"，就是指范长江在《大公报》上撰写的有关宣传中共抗日民族统一战线的主张。

他的"西北通讯"代表了当时中国旅行通讯、战地通讯的发展趋势，是非常难能可贵的有关正面战场的新闻报道，引起社会各阶层人士的广泛注意。

范长江与胡愈之、孟秋江创办国际新闻社，国民党中宣部部长邵力子批准登记，1939年初在桂林建立了总社。同年5月他在重庆加入共产党，直接受周恩来、李克农的领导。应该说，无论中国青年记者学会还是国际新闻社，都不是单纯的新闻组织，而是共产党在抗日的大背景下进行合法宣传的机构。当时黄药眠就在国际新闻社和范长江一起共事，直到1941年，国民党勒令中国青年记者学会和国际新闻社停止活动，蒋介石密令逮捕范长江，但被李济深放走，而后范长江到香港创办了《华商报》。

黄药眠对范长江印象一直不错，他回忆道：

范长江是我在流落武汉时候认识的。现在回想起来，他有着许多个人的素质。

第一，他成名以后，没有为周围的环境所腐蚀，而是敢于投身于进步的势力。本来以他这个人的身份，大可以在上层官僚中争取到一席地位，但他不，宁愿同贫穷的知识分子一起创造一番新闻事业。

第二，他虽然还没有工人阶级的世界观，也还没有树立起完整的革命人生观，但他愿意放下架子，同比较贫穷的知识分子结合在一起，成立一种新的力量。

第三，他待人接物平易近人，机敏灵活，善于应付各种环境。他富有生活的知识，在同人的交际接触中，识别人的力量，辨别人的工作方向。他既非常讨厌那些旧式新闻记者的腐败恶习，又能敷衍他们，在必要的时候，做些帮忙的工作。

第四，他能文会说，他能发觉一般人不大注意的地方，能够在平凡的人物中看出他的有为的特点。他虽未必饱读诗书，但对生活的经历和体验是非常丰富的。他有一次曾对我说："那个会叫我去作报告，我其实毫无准备，走上台去，只是信口开河，但是人们给我说得呵呵大笑。"其实，他所谓信口开河，并不真是信口开河，而是从生活经验中提炼出人们所不容易看到的、听到的东西，或者是人们所常听见、看到，但并没有注意去思考的东西。

第五，他爱才若渴，他看见一个人或者一篇文章露出一点才华，就想尽办法同他实际接触，并尽量争取把他弄到国新社来，从不以前辈自居，绝不嫉才。

第六，他对恋爱的态度也是很真诚的。他最讨厌原来《大公报》所谓"捉臭虫"等侮辱女性的歪风。曾知道有一些小姐，或者是以婉转的歌喉，或者是以殷勤的招待来对他献媚，但他都只是嘻嘻哈哈和她笑谈一番，却与另外一个朴素的女子真诚相爱。

由于他有以上的特点，所以他能团结一些人在他的周围。

（《黄药眠口述自传》）

事实证明，黄药眠对范长江的评价基本上是公正客观的。

黄药眠在这一时期又开始他的文笔生涯，其实他何曾停止过！他的目光，他的心，始终投向社会的纵深层面。在衡阳，他要去南岳山看看，被范长江劝阻，因为没有安全保障。到桂林后，他接触了许许多多的文化人、艺术家、诗人、演员等社会名流及军人，也有社会底层的老百姓。交游甚广，甚至感慨地写道：

我不禁想起尤里舍斯在写到他经过一些惊险的场面以后，回到原来所熟悉的地方，都没有人认识他了，但是他过去写的歌，还有人在唱，他听到这些歌声，不觉感激涕零。我想，在过去十年中，好些当时有名的人物，已被时间埋没了，再也没有人知道了，其中就有我这个人。不过，有些人没落下去了，有些人却又从模糊的烟雾中涌现出来了，而且形象逐渐明晰扩大，成为时代中的代表人物，例如新闻界范长江就是其中的一个。在文艺界则有巴金、丁玲等。而夏衍等人，则属于经得起时间磨洗的人物。

（《黄药眠口述自传》）

在二十世纪三十年代做出如斯的感慨，不能不说是一种远见卓识，也是要有睿智和胆量的。范长江的经历说明了黄药眠预见的正确性，在以后很长一段岁月里，范长江的名字确实闪耀着光华。尽管一场浩劫中，他蒙受不白之冤，于 1970 年 10 月 23 日投井自杀，但历史给了他公正的结论，以他的名字命名的"范长江新闻奖"，依然以其闪耀的光华，激励着后人。黄药眠以其坎坷的经历发出的感慨，既说明了人生的短暂倏忽，也预示了"道可道，非常道"的道理，大浪淘沙，大江东去，大有"多情应笑我，早生华发。人生如梦，一樽还酹江月"的豪兴。只可惜有多少范长江这样的有为之士过早地遽归道山，黄药眠也在反"右"斗争、"文革"运动中受尽磨难，他应该是有许多的话来不及说的吧。

范长江和黄药眠等人在长沙大火前乘火车赶往桂林。在桂林，黄药眠积极开展一系列抗战新闻和抗战文艺活动，一直战斗到桂林沦陷前夕。这一时期，他除了在新闻工作上的建树，开始在《抗战文艺》发表小说，在夏衍（沈端先）的《救亡日报》《半月文艺》《广西日报》《诗创作》《当代文艺》等报刊上发表了《让影子向着光明狂舞吧》《东洞村》《吴淞口的春天》《寄给北方的朋友》《我要归队》《重来》《春之郊野》《麻圩之战》等一批颇有影响的诗歌，创作出版《论诗》（桂林远方书店 1944 年版），收入作者在桂林发表的诗论 14 篇、诗译作《西班牙译诗选》《沙多霞》。长诗《桂林底撤退》更是此时期的代表力作。繁忙中他还兼任中华全国文艺界抗敌协会桂林分会常务理事兼研究部部长。

人在天涯

一个爱牛的人

　　"文革"时期，我在农村"改造"时，住在言哆隔壁，言哆是个老庄稼汉，老伴已逝，就因为跟牛打了一辈子的交道，成了个牛专家，用牛、相牛、给牛治病……很有一套，村里买牛什么的，都派他出差。

　　买牛这个活计，并不轻松，除了懂行，还要能吃苦。讨价还价不说，买到手后还得牵着它翻山越岭，日夜兼程，因没钱乘火车，一路上得露宿风餐；从江西走到湖南，每到一地，先给牛找草料，弄到一点水，先给牛喝。有时顺带也做点倒买倒卖（兼做牛的买进卖出），赚点外快当路费，比如坐几站火车（只能是货车），人、牛、货混装，要挤着蹲着，蹲几站算几站，让牛少走一些路。后来，农村搞运动，把牛倌"揪"了出来。倒腾耕牛的事，其实他不说也无人知晓，但他经不住"斗"，站到台上双腿发软，便一五一十说了出来。就这样，被打成"牛贩子"。

　　没几天，他的家门口挂了"走资本主义道路的牛贩子"的牌子。

那以后，他家门庭开始冷落，村里有关牛的吃喝拉撒，没人再敢找他"咨询"。他自己很坦然，逢人便告："我走路，你别跟着，这是资本主义道路！"

记得那年立冬的晚上，忽然一声惊雷，像打着滚，在夜空滚过。我看见言哆神色不安起来，一会儿看看天，黑乎乎的，再看看远处养牛户的灯火，昏黄的，星星点点闪动，一会儿，仿佛有人大声在咋呼。他索性进屋，关门，倒头便睡。没一会儿，又坐起来，抽着烟，思索着，漆黑的屋里，只见一点红火头，在他的两唇间忽明忽暗。

不多会儿，门外"噔噔噔"的脚步声由远而近，村民提着马灯来找言哆，把他叫起来，悄悄问，他也悄悄答，我住在隔壁，一句也听不清，折腾了一宿。

第二天天气格外清冷，我问昨晚的事，他说："雷打冬，十间牛栏九间空。有牛受惊吓了，他们问我咋办来了。我说多备草料、棉絮，叫牛别怕，说是汽车响，牛懂，别让牛冻着……"我问："你不是说这是资本主义道路吗？怎么还那样有辙，门庭若市？都走到你家里来了？"他在鼻腔里"哼哼"两声，我听出来，他在笑。

我很好奇，问他有啥绝招儿，传授点给我，日后种庄稼糊口，也不至于两眼一抹黑。

他见我心诚，还觉得我这出身，八成也只有种田的命了，很痛快就把"相牛经"教给我了：牛看角，角冷不好，有病；毛少骨多、毛色油光闪亮好；珠泉有旋毛，八成寿不长；四蹄直如柱，牛中顶梁柱；选牛看撒尿，向前是良种。年龄看牙齿，三岁二齿，四岁四齿，五岁六齿……还有，看眼睛、睫毛、尾巴、骨相……至于洋牛，什么高门塔尔牛、夏洛牛……大都是菜牛，杀了卖肉的……

再后来向他讨教，他忽然想起什么，不肯往下说了。很久后，他在地里跟我说："你也别记录了，鸡毛蒜皮，记了也没用，弄不好又是资本主义道路。"他说本不该告诉我，宁卖祖田，不卖祖言，祖传的东西，只能垂直传授，父传子，子传孙，堂客、媳妇不能传。"去年，有个干部以传播农业文化为借口，要我交出这本经，我没交给他，他懂得什么农业文化？他就是打我的歪主意！"我这才明白，我的这位师傅是柔中有刚，并非软骨头，自己犯的事全吐了，祖言却守口如瓶，结果赚了一顶"走资本主义道路的牛贩子"的帽子戴在头上，无怨无悔。

我被"解放"后，一晃很多年，关于他的生活一点消息也没有。早些年我特地跑到曾经劳动的乡下，去看望他，大门上了锁，黑牌子不见了，认识我的老人们说，"牛贩子"后来被他的侄儿接到城里去住，再没有回来过。手抚门锁，我心中阵阵怅然。我很想告诉牛倌，他传授给我的"相牛经"，记录本还在。当年落实政策回城后，我依然干编辑，并未去种田，但"相牛经"一直保留着，没准哪天重为冯妇，还用得着。

我想对他说，县里最近举办牛选美大会，我没有去看，想象着一定很隆重。"选手"一定不少，像举行奥运会一样。庄稼汉把自家的牛牵出来，端详着，抚摸着，赶着遛几圈，这么多"情人"的眼睛盯着，拿名次并不容易。夺冠的一定是大家公认的"西施"。大伙儿给荣获冠、亚军的牛披红挂彩，燃放鞭炮，敲锣打鼓，场面一定十分热烈……

我还想说，假如他还健在，一定是个顾问，没准当个评委会主任，都有可能，一定笑得合不拢嘴，忙得屁颠屁颠……

正如车尔尼雪夫斯基说的："人一般地都是用所有者的眼光去看自然，他觉得大地上的美的东西总是与人生的幸福和欢乐相连的。"丰收的喜悦和幸福，总是富藏着美的意蕴，以及人心对美的向往，这是庄稼地里长出的真理。

一晃几十年过去，听说言嗲已经作古了，遵他的遗嘱，坟地就在他那房子后山上，坟的周围有野花，有几棵短松，想是他的侄儿栽种的。每从火车上看到窗外一晃而过的田野，还有在田里耕作和吃草的牛群，记忆便定格在我的脑海里，我便想起言嗲，一个爱牛的人，村里人也爱着他。

（原载于《解放日报》）

背　影

　　初到深圳，人生地不熟，得先把地理情况、人文信息摸清楚，才能迈开第一步，才能去进行采访，不然，瞎蒙瞎撞，是戴着石臼子唱戏，费力不讨彩。

　　我和田京辉琢磨，应该熟悉下这里的地理位置，尽可能地了解一个大概。于是，我俩利用星期天骑上自行车（他和我一样，也喜欢骑自行车跑远路），先往梅林方向前进。

　　出了现代电子公司，往北一拐，就到了梅林。我们不知道什么上梅林下梅林，只知道几百年前，这一片土地曾经盛产杨梅，故称梅林。眼前所见，不过是很普通的小镇，马路两边是稀稀拉拉的小商铺，房子都是用铁皮和树干搭建，真正有地方特色的、称得上是建筑物的房子并不多。杨梅不见了，但路两边的山坡上一大片一大片的荔枝林真是让我们叹为观止；上百年树龄的荔枝树随处可见，长得青葱繁茂、虬蟠特立、生机盎然。骄阳当空，强烈的阳光使旅者汗流浃背，而只要到荔枝树下歇息就会暑气顿消，感到凉爽。

我们在荔枝林流连了一会儿，便沿山路北上。路越来越不好走，自行车像在搓衣板上行走，一颠一颠地，加上爬坡，特别费力。汽车驶过，卷起灰尘，让人睁不开眼睛，我们不得不下车，紧傍着山脚，等尘埃落定再继续前行。

行不远，只见前方有一处关卡，出入车辆都得检查。我们想，可能不能再往前走了，于是沿原路返回。10年后的今天，我才知道，我们那次走的是梅观路，关卡是梅林关，回头的地方是坂田。

在经过马泻水库（今梅林水库）时，见路边石凳上坐一老者，深目高鼻虬髯。我走上前去，很有礼貌地向他说明我是记者，想和他说几句话，问一些当地情况，他只看了我一眼，不说话，抬手指了指前面的荔林，缓缓地站起来，走开了。

他那微弯的背影给了我很深的印象，以至于后来很多年，每当我写报道或文章时，脑海便浮现这个背影，这是我在内地采访从未见过的背影……

对新闻，他也许不知是啥东西，而"记者"这个称谓，在这个僻壤之地，可能更少听说，说了也不懂。附近虽有小店铺，或者小工厂，但没有报纸，没有黑板报，拉线广播就安在小店铺雨棚下的门框上，好像很少被人拉响，也许到晚上，附近的男女老少就聚在雨棚下，听"盒子"里王刚说书，这是他们最惬意的时候了吧。

神秘的守车人

1993 年，初到深圳，参与创建《深圳晚报》工作，条件非常艰苦，住的地方很简陋，是一家电子公司原来做工棚用的房子。工棚外形四四方方，里面的房子也是四四方方，像小学生画的田字格，大方块里套小方块。当初砌这房子，恐怕不用什么设计图纸，在地面拉直直线然后往上码砖就行了。屋顶上盖的是水泥板，这板有多宽，坐在屋里能看得清清楚楚，因为板与板之间的缝隙渗水，留下了一道道的黄色格子。当时晚报处在初创期，条件艰苦是很自然的事情，这一点，大家都有心理准备，没有谁抱怨过。报社给每个人发了一辆自行车、一个电饭煲，还发了米、油、方便面，这是标准的创业者的生活。

外出采访，就靠骑自行车。一次我和田京辉一道去采访沙都歌舞厅，地点在大剧院隔壁，是当时比较大的一间歌舞厅。歌舞演员不少来自北京，有一些还是舞蹈学院的高才生，甚至是国家一级演员。艺术在深圳这个地方有它独特的生存方式，在内地，看演出是叫"欣赏"，演员在台上演出，观众在台下坐得整整齐齐，认真观看。演出结束，如果是慰问演出，要招待演员吃夜宵，然后用专车送到宾馆休息。而在此地，情况就不一样。观众来看演出，是欣赏和消遣都有。观众席有点像餐厅摆设，有桌子、椅子，桌子上有吃的，观众就围着桌边吃边喝边看。尽管如此，演员仍然认真地演出，他们知道，在深圳，艺术就得这样求生存求发展。每当演完一场，演员们连冷馒头都顾不上咬一口，马上带着行头驱车（有的自己骑摩托车，有的是朋友或爱人用摩托车接送）又赶到另一个歌舞厅演出。他们管这叫"赶场子"，时间上是不能有误差的。一晚上有的要赶三四场，很辛苦。

这天吃过晚饭，我和老田骑着自行车赶往沙都歌舞厅。在大剧院大门外的马路边，我们将两部自行车并排放好，然后在支架部位用两把锁将车锁在一起。心想，这应该万无一失了，因为刚到深圳时就听说"不丢几部自行车就不算深圳人"，所以多长了个心眼。

这时，走过来一个守车人模样的瘦个子，没等他开口，我们便付给他5元"停车费"，还一再道谢、拜托，反正礼节都到位，无非请他关照守好车子，万一单车丢失，回不去工棚，明天采访还没车用。那瘦个子没言语，只是微微点点头，样子很神气——没办法，谁叫他现在管着你的车呢！

半夜，演出结束，我们出去取自行车，放自行车的地方仅剩我们的两部自行车停在那儿，守车人也没见人影，大概已经下班走了。再一看单车，我们大吃一惊：锁已经由原来的支架部位移到了后轮下部，仍然锁着。

　　也许是守车人故意做点儿手脚，露一手，给我们瞧瞧？也许是有人打开锁，想偷走车，被守车人发现，夺过锁又给锁上？也许……回家路上，我们一边蹬着车，一边热烈讨论，一直解不开这个谜。后来，老田回北京干他的摄影工作了，去年他从俄罗斯写信来，问我记得自行车那件事否，我说，这个谜恐怕是解不开了。

从粥摊儿到饭店

二十年前，深圳就有毛家饭店，真正说起来，"正宗"的毛家饭店，是湖南韶山汤瑞仁开的。——在深圳振兴路上这家，是深圳最早的一家，在全国是第八家分店了。

汤瑞仁曾经是毛泽东的近邻，二十世纪五十年代，她和另外两个妇女组织互助合作组，毛泽东曾专门写信予以肯定和支持。

毛家饭店的前身是路边的稀饭摊档。二十世纪七十年代，韶山通了火车，前往韶山冲参观的人日益增多。韶山山清水秀，风光宜人，地域宽敞，客人再多，也显得静谧、清秀，波澜不惊。唯有吃饭问题不好解决，这么多的客人连个吃饭的地方都没有，当地领导怕影响不好，便责成韶山公社牵头，抽调一些壮劳力，办起了大食堂。那些年，韶山天天像过年，一日三餐"流水席"。菜的味道，就谈不上什么"风味"了。两个篮球场那么大的餐厅里，每天人头攒动，很是拥挤。有的人挤不进去，索性坐在路边，啃起馒头、面包来。

二十世纪七十年代末，开始有一些小食摊出现，缓解了一些吃饭的矛盾，但在韶山这个地方搞"资本主义经营"，得格外注意影响，摊主常常是"藏而不露"，生怕被点名"割尾巴"。汤瑞仁也用一元七角钱起家，开始了路边稀饭摊档。她把绿豆稀饭、白糖、碗等放在摊档上，任游客自勺酌自饮，她自己则躲在山坡上的大树后不敢出来。一来怕碰上熟人，二来怕干部看到了骂一餐。游客喝完粥，找不到摊主付钱，便大声问："这是谁的稀饭？"

汤瑞仁躲在山上答曰："吃咯！吃咯！"

"多少钱？"

"随便你给咯！"

"放哪里？"

"丢在桌子上！"

…………

就这么躲着卖了一段日子的稀饭。

这天，来了一位上海游客，喝了她的粥，爬到山上，找到她说："大嫂，你不要怕，一不偷二不抢，凭自己的劳动致富，是很光荣的！现在改革开放了，你要大胆干！"——这是八十年代初期的事，她记得很清楚。

后来，她卖稀饭致富了，记起这个上海人的话，大胆办起了毛家饭店。每天顾客盈门，有中国人，也有外国人。菜有毛氏红烧肉、辣椒炒豆豉、小炒马齿苋、剁辣椒、萝卜干炒腊肉、火焙鱼……顾客吃到了韶山风味菜，尽管辣得冒汗，但连连说"好吃"。毛家饭店自此名声大噪。

"毛氏红烧肉"这道菜，取上好的五花肉，切成块，煮至七成熟，再入八角、辣椒、酱、糖、葱、蒜老姜等烧、蒸，味道辣、香、酥、肥而不腻，湖南人形容是"落口消融"。毛泽东很爱吃这种红烧肉，他说"红烧肉可以补脑子"。所谓"毛氏红烧肉"，以此名声大噪，一直以来，基本是按韶山风味烹制，古朴、纯美。

不料也真有这等巧事，那天我遛达到振兴路，正好遇上了毛家饭店第八分店开张。初疑是假冒，走进大厅，正好见一女士神采奕奕，当厅站立，好生面熟——果然是汤总经理大驾，甚是惊喜。她满面笑容，连用韶山话说："欢迎欢迎！冒得好招待啦啊！"

"我在电视和报刊上见过您多次，不过，这是第一次见到你老人家'法本相'！"她说："毛家饭店开到深圳了，这是正宗的，我请你吃家乡菜！你不要客气，好不好？"不容推辞，便将我推上了贵宾席。付钱也不收，浑似当年摆稀饭摊儿。

一个湖南农村的"赤脚"粥摊儿，居然发展到如此规模，大踏步走进深圳这个改革新城市，不能不说是饮食文化史上的一件大事。

现在的振新路，鳞次栉比的饭店，食客如云，毛家饭店几经"易主"，已不复当年。但仍以飘香的"湖南辣味"吸引着南来北往的食客。

"土到极处便是洋，俗到极处便是雅。"这大概是毛家饭店成功的秘诀吧。难怪毛氏红烧肉、火焙鱼、剁辣椒等"乡里菜"，竟能上宴会的餐桌。

紫荆底色

一

偶尔去香港淘书，一会儿屯门，一会儿沙田，一会儿又去旺角，几乎跑遍半个香港，总觉得香港哪条街都"葛不亲"，七弯八拐的路，转了好多回，还是记不住。加上我自幼方位意识很差，到一个地儿，再往回走就不知道怎么走了，或者要我再去一次，怎样走，我也会犯傻。

走得累了，饥肠辘辘，得找个地方吃饭。香港餐馆很多，如果说上次吃过的餐馆很不错，这回还去那儿吧，我八成是找不到地方。只好酸吃一顿，辣吃一顿，只要是餐馆就进去对付，谈不上喜欢与否，"心能转物，即同如来"，我也就随遇而安。

大概过惯"草根"生活的缘故，我对香港的高档餐馆、高档美食甚是陌生，倒是街边的"油炸鬼"令我垂涎。听名字很吓人，一见了面，就欣喜欲死：这不是内地的油条吗？老远就闻到香味儿——哈哈，千不念万不念，只念你我一见如故也。

油炸鬼铺面临街，各有各的牌号，但格局都相似：门口煮粥，炸油炸鬼，里面十几平方米，摆放着三五张桌子，显得拥挤不堪，落座和起身，都要小心，尽量直起直落，弄不好就"背靠背"了。

来这里吃油炸鬼的，大都是跑街的行脚商，在附近做工的小伙子、居民老大爷，再就是像我一样来去匆匆的过客。香港本地人告诉我，油炸鬼原名其实叫"油炸桧""油炸脆"，都是骂秦桧的意思，要把秦桧炸了吃，以纪念抗金英雄岳飞，从中可以感受香港同胞的爱国之情。这使我想起《诗经·秦风》的诗句："岂曰无衣？与子同袍。王于兴师，修我戈矛。与子同仇。岂曰无衣？与子同泽。王于兴师，修我矛戟。与子偕作。岂曰无衣？与子同裳。王于兴师，修我甲兵。与子偕行。"百年沧桑，香港同胞的爱国情怀，随处可见。

油炸鬼比内地的油条炸得焦一点，咬上一口，松松脆脆，很香、很酥，也有人说是炸两遍才这样好吃。两根油炸鬼，一大碗皮蛋粥，吃得热乎乎，足够饱，放下碗筷，走出店门，两脚生风，劲头十足。

皮蛋粥，主要原料是肉丝儿、葱花、皮蛋丁、盐……从翻滚的粥锅里舀出，撒上葱花，送到餐桌上，碗里粥还在翻滚，得不停地搅动，加速冷却，方能吃。一碗这样的粥（当然还有很多花样，如鱼片粥、牛肉粥、虾仁粥、菜粥……）配上油炸鬼，一共才十几块钱，而且快捷便当，先吃后结账，吃完赶紧走，给后来的食客腾出座位。

像这样的粥档，或叫油炸鬼档，都是小本经营，几位中老年大嫂大妈，煮的煮，炸的炸，十分认真，也很注意卫生，既不做广告，也不花钱赚吆喝。这种普通小食，在香港这个现代化都市，保持到今天，还这样受欢迎，也是一种精神情怀在支撑吧，真是难能可贵！

到香港，尽管我像迷途的羔羊，但每次都能吃上油炸鬼，也是一怪。怪就怪在不用问路，就沿街走，感觉肚子饿了，抬头一看，仔细一瞄，在街边就会有油炸鬼。或者鼻子灵一点，闻到香味儿，像特工一样紧紧跟踪，也就找到了。

二

现在的香港，还保留有裁缝店，很好奇，如元朗观奇洋服店，专门定制西服，去光顾一下。

超市摆卖的"制服"，尺寸和款式都是统一设计，统一下料，很多情况下，并不十分合身，是不得已将就着买来穿。虽然争取了时间，但总不如掐着尺寸定做好。

洋服店门面不大，掌柜老先生穿着西式背带裤，打着领带，看上去很精神，听说我要做西裤，热情地接待了我，指着一排挂着的成衣，问我需要什么料子，我看到一款挺括的料子，他告诉我，"是的确良，也叫涤纶，英文名为 polyester，又称特丽纶，美国人称它为'达克纶'"。的确良很早就出现在香港市场，这款质地柔软、透气性好，相信是经过改造的品质。

他为我量好尺寸，一一记录，告诉我先交一点押金，一周之后可取。在九龙和其他地方，我发现也有经营这种成衣店的，格局和内地几十年前的裁缝店一样。

与掌柜闲聊，听他说了一句话，对我很有启发："量体裁衣，身材是主要的，衣架撑起的衣衫不美啊，身材好才灵光。"

是啊，面子依仗的是里子，有道德内涵的人，看上去就有风度，有底气。

韩非子说的《买椟还珠》的故事，就是批评市场上那个楚人，卖珍珠用那么高级的包装盒，甚至比盒内的珍珠更值钱，"此可谓善卖椟者，未可谓善鬻珠也"。他卖的是珍珠盒，而不是珍珠啊！

一周后，我去元朗取回了西裤，手工确实很漂亮，裤子也很合身，腰带背带两用，我很高兴，掌柜也笑盈盈地送我出门。

我瞥了一眼路边的一排紫荆花树，正开着花呢，红红的，散发着沁人心脾的清香。

三

香港的黄大仙祠是香港九龙有名的胜迹之一，建于 1945 年，香火鼎盛，不能不去看看。据说祠内所供奉的黄大仙是"有求必应"的，十分灵验。该祠也是香港唯一一所可以举行道教婚礼的道教庙宇。

祠堂内外，人头攒动，摩肩接踵，香烛和供品众多，形成一条长长小街，生意十分红火，据朋友说，什么时候来都是这样热闹，天天如此。

我走到香客集中的大殿，人流如潮水一般，进殿焚香跪拜、抽签。香客中，什么人都有，有官员，也有富豪，劳动者、小业主也不少。

说话间，一个壮年男子把我推开，侧身挤进来，有点风风火火，我打量他的衣着，极普通，挽着裤腿，像是抽空赶来的样子，匆忙地举着香，对着神龛跪下去就拜。

他跪下去那一瞬间，我看见他趿着鞋子，双脚后跟很粗糙，皮肤已经皲裂，且沾着黑色的泥尘。我想他应该是个体力劳动者，在香港社会，他们起早贪黑，胼手胝足劳动，养活一家，挣钱很不易。也许他认为冥冥中的神力是不可忽视的，拜神所赐，辛勤劳动，才能够温饱无虞。他虔诚地求神护佑，中规中矩，抽完签，又挤进人群，走出大殿。

我注视着他消失的背影，感受到他的憨厚质朴，虽穿着有些不入时，与众多香客的衣着相比，显得有些寒碜，但又有何不可呢？据说神祇并不看重衣着，看中的是诚心，心诚则灵，从人的品格来说，惟吾德馨，何陋之有？他对生活的虔诚向往，并不取决于他的文化和学养程度，也不取决于他的衣着和地位，他风尘仆仆，祈求的只是平安，仅此而已，正是这默默的一跪，使我读懂了他心中的宗教，也读懂了他心中的哲学。

他是渔民、农民、手工业者，抑或车夫、清洁工？总之是"胼手胝足以养其亲者"，虽然匆匆一瞥，却深深印在我的脑海里，那皲裂的脚后跟，一次次出现在我的梦境，挥之不去……

沧浪清浊

读刘征的杂文

杂文与新闻只是功能和特点不同而已，就像十八般兵器，鲁迅说是"匕首和投枪"，是匡正时弊、扶正去邪的战斗武器。既然是"武器"，就一定要有战斗力，如批评、揭露、鞭挞、讽刺甚至幽默，……但必须旗帜鲜明，观点正确，文字有说服力。

刘征先生是新闻出版界老前辈，他的杂文，多取材于新闻事件，笔调幽默含蓄，战斗力强，他自认为他的文章是"怪诞杂文"。其实其杂文针砭时弊，颇有力度，嬉笑怒骂，皆成文章，正如果戈理说的，"有罪的人在它面前就像一只被缚起的兔子"。

戏说《西游》

一

花果山的猴子猴孙惊问："大圣爷，您是怎么逃出如来佛的手掌心的？"

悟空答："我给佛的每个手指头戴上一枚二斤重的金戒指，每个戒指上镶有一颗300克拉的钻石。"

二

老鼠用手枪的枪管敲击着猫的头盖骨说："跟我过不去没有你好果子吃。要你认识认识我，我是如来佛的宠物，大雷音寺供养的长生鼠。"

…………

五

孙悟空在火焰山被烧焦了猴毛，扛着假芭蕉扇来找牛魔王算账。

牛魔王笑笑说："扇子哪能灭火！这是常识。老弟呀，你火眼金睛能七十二变，却还欠着一筹，竟被媒体的炒作弄糊涂了。"

六

唐僧取经回到长安，唐太宗问他："你取回来多少部佛经？"

唐僧答："五百六十七部整。"

太宗道："善哉！善哉！有了这些经可以国泰民安了。"

唐僧道："还不够，还有一部一切经里最重要的经，我记在心里。"

太宗惊奇地问："什么经？"

唐僧神秘地回答："紧箍咒。附耳过来……"

七

一部研究《西游记》最最新潮的巨著，前无古人，后无来者，天上地下，唯我独尊。开宗明义第一章写道："唐僧取经上东天，骑着葱白大叫驴，呜儿哇儿乱叫。"

八

某武术学院征聘超级武术教头，孙悟空、猪八戒应征。考官问八戒的来历，八戒道："我曾任玉帝驾前的天蓬大元帅，宇宙小姐嫦娥的贴身保镖。"问悟空，悟空道："我是石头缝里蹦出来的。"

结果是，孙悟空落选。

九

七仙女擅入王母的桃园偷了一车蟠桃，要走私出境。孙悟空大喝一声，扯出金箍棒横在路口。七仙女冷笑一声道："装什么正经！这园里的桃你偷得还少吗？我有录像。老娘抬举你，咱们合作吧！"

…………

十一

审稿的大员对吴承恩说："你写观音大士用净水瓶杨柳枝救活了能结人参果的神树，弘扬了主旋律，很好。可是写孙悟空、猪八戒偷果拔树，损害了形象，渲染了阴暗面，应该删去。"

吴承恩说："可是，不偷不拔，哪来的救？"

相视哑然。

十二

在取经回来的路上，八戒抱怨说："早知道这佛经竟是大福音寺的罗汉们用来换饭吃的东西，真没劲。极乐世界在哪里？在女儿国。那里才有天地之间生生不息的真正玄玄妙法。"

唐僧说："阿弥陀佛，罪过，罪过！"

八戒说："就是圣僧您，也是从娘肚子里爬出来的。"

十三

白骨精被追到绝路，孙大圣抡起金箍棒就要打。白骨精笑道："且慢！你把我这一身白骨打碎，要犯破坏古物罪。我来到这世上已经三百万年了，是人类的老祖宗，一代又一代人的身上都有我的遗传基因。"

十四

问六耳猕猴："你有那么大本领，何必冒充孙悟空？"

猴儿笑道："不如此炒作，不能得到如来佛的接见，不能得吴承恩先生的青睐，写进他的大作。不如此炒作，你哪里会知道有个曾经冒充齐天大圣的小猴儿精？"

十五

诗人问如来我佛："你能辨出那个假孙悟空是六耳猕猴，你的大法力令人敬佩。你透过和平可看到森森白骨？透过自由可看到锵锵锁链？透出人道可看到满身尖刺狼牙棒？这肮脏的世界，就是倾大海之波也洗不净啊！"

我佛双手合十，眯起双眼说："见即不见，不见即见。施主保重，阿门！"

十六

吴承恩吹胡子瞪眼，提出严重抗议，声言刘老头子胡诌八扯，歪曲了原著的主旨，要负法律责任。

刘老头子笑道："岂敢岂敢！我是发挥尊著的大义，有尊著后两回为证。如郑玄之注毛诗，是有功的。不要您酬劳，至少要请我喝几杯吧！"

1999 年 2 月

（《刘征集》）

刘征先生的怪诞杂文，享有盛誉，深受读者喜爱。且看他从《西游记》里面生发这些情节，闻所未闻，真堪怪诞！但只要细细品味，就能品出其中的"怪味儿"。每一则故事，都映射出怪诞的世相。读者笑过之后，会有所领悟，会联想到弄虚作假、监守自盗、出版怪圈、依权仗势等怪相。这些东西被作者揭得一丝不挂，使之"像一只被缚起的兔子"（果戈理语）。用怪诞的笔法，揭露怪诞的世相，有如对症下药，以毒攻毒，效果出奇地好。

讽刺和幽默是很好的笔法，鲁迅说："讽刺作者虽然大抵为被讽刺者所憎恨，但他却常常是善意的，他的讽刺，在希望他们改善，并非要捺这一群到水底里。"（《且介亭杂文二集》）

没有高出一头的见解，深入一境的生发，是怪诞不起来的。其议论只能落于凡近，无甚嚼头。——这是刘征先生的杂文给我的启发。

初版《斩马谡》

话说一百年前，在大清朝的都城北京，一处小小的京戏排练场里在排演最初版本的《斩马谡》，台上的演员有诸葛丞相和马谡，扮相同现在所见差不多，只是马谡并非花脸。台前坐着几位审查官员，长辫花翎，喝着盖碗茶。

开幕时，诸葛满脸怒容，高坐在公案之后，马谡带着镣铐。跪在帐下。

诸葛：（"啪"的一声拍响惊堂木，唱）

一见马谡跪帐下，不由老夫咬钢牙。

临行怎样嘱咐你，靠山近水把营扎。

大胆不听我的话，失守街亭你差不差！

吩咐两旁刀斧手，快斩马谡正军法。

马谡：哎呀，丞相啊！（唱）

忽听丞相斩令下，马谡心中乱如麻。

年方三十即问斩，叫我如何报国家？

末将一死无牵挂，家中还有老白发。

诸葛：（挥泪）马谡啊！你跟随老夫多年，情同父子，你的老母如同我的老嫂，我一定代你好好侍奉。至于将你处斩，我是万不得已啊！出兵之前你立下军令状，军中无戏言，如果不斩了你，我的军令严明和公正无私的名声将扫地以尽，你叫我如何号令三军？

马谡：（泪如泉涌）丞相照顾我的老母，末将纵死九泉也感恩不尽，可是，可是……

诸葛：（吃惊）可是什么？有话尽管讲来！

马谡：（擦去眼泪，睁大双眼）索性把我一肚子的话都倒出来吧！丞相还记得华容道的事么？那关二爷也是立了军令状却放走了曹操，您不杀不斩。同样的军令状两样处置，说您军令严明，末将不服！还不是因为关二爷是先主的结拜兄弟，有个大后台，而咱马谡啊，有个做官的哥哥已在夷陵捐躯。说您公正无私，末将更不服！再说啦，眼下天下未定，我蜀国人才奇缺，如您所说是"危急存亡之秋"。您完全可以权衡处理，判我个死缓，戴罪立功，合情合理，可是您偏要斩！马谡死不足惜，可惜的是丞相老糊涂了，思想僵化了！（唱）

军令严明水分大，公正无私更有差。

人之将死其言善，丞相啊！咱肺腑之言为国家。

诸葛：（号啕痛哭，忽然大喊）斩！斩！斩！……

审查官员甲：糊涂，糊涂！明明是那么回事，就是不能说；明明不是那么回事，就是必须说。明乎此，处于明枪暗箭之丛，才能如鱼之游于春水，学问大着哩！

审查官员乙：这还得了！诸葛大名垂宇宙，已是千古定案。诸葛先生是朝野崇拜的偶像，连罗贯中都处处为尊者讳，亵渎先贤，罪在不赦！

审查官员丙：反了反了！大内都有关帝庙，逢年过节，当今圣上都要上香。以关圣人大不敬，就是对圣上大不敬，罪莫大焉。

首席检查官：算了算了！闹大了咱们也脱不了干系。好在没有公演，把这戏枪毙了事。

众官员：对，枪毙了事，不准外传。还是大人圣明！戏楼老板请咱们去小桃园打茶围，时候不早啦！

（众退场，只听得一路哼唱：龙格楞龙格龙格楞龙格楞啊……）

（作者附言）看官要问，初版枪毙了，你怎么于百年后得知的？我只好从实招来：是杜撰，但也并非全无来处。《三国志·马谡传》裴松之注里说，后来蒋琬对诸葛亮说："天下未定而戮计智之士，岂不惜乎！"诸葛说："四海分裂，兵交方始，若复废法，何以讨贼耶？"习凿齿更提出激烈的批评，说："今蜀僻陋一方，才少上国，而杀其俊杰，退收驽下之用……将以成业，不亦难哉！"看看，古贤有议在先，并非在下胆大妄为，鸡蛋里挑骨头也。

1999 年 11 月

怪诞杂文可以有许多表达形式，这是它的优势，它可以借小说、戏剧、故事……生发离奇怪诞的"情节"，幽默风趣，达到扶正祛邪的目的。

《斩马谡》是京剧折子戏"失空斩"之一。内容是诸葛亮用人不当，致战事失利，下令斩马谡。说"初版"，是卖的一个关子，其实子虚乌有，是一个很幽默的开篇，也是一个生发的由头。

剧本有白、有唱、有插科，古今一锅，情景交融，跌宕起伏。

诸葛亮戏份很重，挥泪斩将，不好演。

结果，"初版"未获通过，原因是审查官都不同意将马谡斩首。大呼诸葛亮糊涂！不谙官场游戏，"明明是那么回事，就是不能说；明明不是那么回事，就是必须说。明乎此，处于明枪暗箭之丛，才能如鱼之游于春水，学问大着哩"！三审查官一合计，以种种理由，将此斩戏打入冷宫，不准公演。

史书中，对于马谡斩与未斩，说法不一。有说马谡畏罪潜逃的，也有说他死于狱中的，但诸葛先生自贬三级，并向后主刘禅写了检查，都有记载可查，想是不假。"初版"被"枪毙"，不准公演。不知这位"参谋长"，是否长点记性？一笑。

作者编这么一段"初版"，颇堪玩味。

三十二年读一诗

清代史学家赵翼长于以诗论诗，如"李杜诗篇万口传，至今已觉不新鲜。江山代有才人出，各领风骚数百年"。赵翼字云崧，晚号三半老人，江苏阳湖（今常州市）人。与袁枚、张问陶并称清代性灵派三大家。

记得二十世纪八十年代，《解放日报》发表的一篇杂文就这首诗展开争鸣。有的人认为，时代发展很快，知识更新的周期正在缩短，不能老供着几个"祖师爷"而覆盖新生力量，应该是"各领风骚没几年"才对。另一种意见则认为，论文学艺术，若是"没几年"风骚，那就算不得上乘之作。艺术的成败主要是靠时间来检验，楚辞、汉赋、唐诗、宋词、元曲乃至明清小说等之所以久传不衰，是因为艺术生命不朽，持此论者，认为"应领风骚多几年"才有道理。

这两种意见，从两个不同的角度理解赵翼的诗，我以为都没有错，两家之言我都赞成。

三十二年后的今天，偶又翻出赵翼另一首论诗之诗："满眼生机转化钧，天工人巧日争新，预支五百年新意，到了千年又觉陈。"这首诗其意就更深了一层。赵翼看到了世间万物的发展变化，即使能透支"新意"，到一千年后来读，还是会"不新鲜"的，不可能永远"保鲜"。这就把问题说得很清楚了，即使作为文学艺术，也不会永远不朽，到了千万年以后，会有更出色的作品问世。

赵翼的理论，气魄宏大，独具慧眼，令人叹服。

从道理上讲，他是对的，发展是硬规律，"逝者如斯夫，不舍昼夜"。不过，若以今天的眼光来看，就得加上两个前提：如何造就新的"才人"去"各领风骚数百年"？"天工人巧日争新"的局面靠什么来保证？

赵翼所说的，不可能是太虚幻境。诗人、艺术家首先是劳作者，劳作中生出生动的诗句、优美的天籁，铸成诗的灵魂，修炼出伟大的人格，于是成就为诗人、艺术家。这个"恩赐"得感谢劳作，感谢土地，感谢太阳和河流，甚至感谢对他们而言磨炼了人格的贫困。这是时代发展的必然。但是，所谓"市场经济"，在很多领域，尤其在意识形态、文化传统、人际关系三个领域，是没有"表率"价值的。如果用商人的思维方式来进行创作甚至成名，那就会是缘木求鱼。鲁迅说："'雅'是要地位，也要钱，古今并不两样的，但古代的买雅，自然比现在便宜；办法也并不两样，书要摆在书架上，或者抛几本在地板上，酒杯要摆在桌子上，但算盘却要收在抽屉里，或者最好是在肚子里。"（《且介亭杂文·病后杂谈》）

李白、杜甫当初并未梦想"提高知名度"，并且"惟此两夫子，家居率荒凉"（韩愈）。其"名"之所成，积历史与造化之功，非一日之寒，其成名的历程，并非把金钱、功名高贡在上。纯功利性的写作，还谈得上什么"各领风骚数百年"？这就是成就诗人的前提。

这当然是指真正意义上的诗人。

写诗不易。希腊的盲诗人荷马说诗是"生着翅膀的语言"，还说"诗是纯粹的眼泪"。这位著名的行吟诗人的话说明：诗是用眼泪书写的。中国的诗歌特别是古诗词，除了情感还有格律。一首诗写出来，要反复推敲，辗转竟日，一点儿不能疏忽，"吟安一个字，拈断数茎须"，诚非易事。一首好诗，能体现作者的人品风格，"太白做人飘逸，所以诗飘逸，子美做人沉着，所以诗亦沉着"（王维语）。这里肯定了李杜诗歌至今仍领风骚。

但严羽在"沧浪"却批评，凡诗均以李杜为圭臬，是"挟天子以令诸侯"，托足权门，生就一双势利眼，也不是作诗的法门，此说与赵翼偶合。

可是现在的文坛新秀，真正有自己的或"飘逸"或"沉着"风格的，并不很多，他们在报纸、网络上走红，并不见得能领风骚多几年。"有怎么样的人，就有怎么样的思想。假如他们生来是庸俗的，那么便是天才也会经由他们的灵魂而变得庸俗；而英雄扭断铁索时的解放的呼声，也等于替以后的几代签下了卖身契。"（罗曼·罗兰《约翰·克利斯朵夫》）这话真是值得深长思之。

这么一解释，似乎有一些新的认识，即只有不断进取，才能创新，才能造就出才人。但说说容易，躬行就难，赵翼倘"代圣贤立言"，他就不能这样看问题。现在仍然还有"桃花洞口，非渔郎可以问津"的单位，对人才的脱颖而出，绝少赵翼的见识。那就只有用赵翼的另一首诗奉送给他：

> 只眼须凭自主张，纷纷艺苑漫雌黄。
> 矮人看戏何曾见，都是随人说短长。

（原载于《解放日报》2018 年 7 月 26 日）

司马相如过美人关

梁王问司马相如，"你好色吗？"相如说："我不好色。"梁王又问："你与孔子、墨子相比，做得怎样？"司马相如答曰："据说孔墨之徒是很注意避色的，齐国弱于鲁国，送美女良马给鲁君，鲁君由此腐败淫乐，孔子愤然离职，去鲁至卫。""墨子非乐，不入朝歌之邑"，朝歌是商朝都城，商纣王淫乐导致身死国亡，墨子不去这个地方。

司马相如又说："但是我认为，避色不是办法，就等于躲到水里避火，跑到山上躲洪水，不见女色，就不会有欲望，不能说不喜爱女色。"他表白自己："臣之东邻，有一女子，云发丰艳，蛾眉皓齿，颜盛色茂，景曜光起。恒翘翘而西顾，欲留臣而共止。登垣而望臣，三年于兹矣，臣弃而不许。"东邻女子登墙翘首西顾，偷看他三年，他没有动心。他还说，就在前来拜访梁王的路上，"朝发溱洧，暮宿上宫"，住在上宫闲馆。有女独处，宛然在床，又是弹琴，又是敬酒，还"弛其上服，表其亵衣。皓体呈露，弱骨丰肌。时来亲臣，柔滑如脂"。他也没动心，说："臣乃气服于内，心正于怀，信誓旦旦，秉志不回。翻然高举，与彼长辞。"（司马相如《美人赋》）昂首挺胸，与她拜拜。

好一个"气服于内，心正于怀，信誓旦旦，秉志不回。翻然高举，与彼长辞"。二十四字，铮铮作金石声！

想起《论语·雍也》中一段话：卫灵公的夫人南子，作风不好。孔子适卫，南子邀见，子路很是不悦。孔子说，我只是礼节性隔帐一见，如果有任何不轨行为，"天厌之！天厌之！"后来，孔子看出卫灵公重德行不如重女色，即离开了卫国。也是"翻然高举，与彼长辞"。

照这个道理，"过不了美人关"，不是真英雄，更不是真圣贤。做不到"气服于内""心正于怀"，看到美色，淫欲奔涌，心早乱了，腿早软了，哪里做得到昂首挺胸，"与彼长辞"！

战国宋玉在《登徒子好色赋》中，说登徒子是个"好色之徒"，找的妻子弯腰驼背，牙齿稀疏，患有疥疮和痔疮，他居然和她结婚，还生育五个子女，说明他如何好女色！他表白自己不好色，却把登徒子说成好色之徒，不实事求是，逻辑上也说不过去。登徒子这样的家庭，是美满的，糟糠夫妻，相濡以沫，即使在古代，也算得模范家庭。

元稹的"诚知此恨人人有，贫贱夫妻百事哀"（《遣悲怀》）。贫贱夫妻，感情纯洁，一旦生离死别，触景生情，百事哀婉，读来令人感慨嘘唏，多么美好的夫妻情感！难怪司马相如说"避色"不是办法，要气服、心正，美色只是表象的东西，鸟美的是羽毛，人美的是心灵。

看来这个问题已经研究好几千年了，至今难以定论，君不见落马贪官，拢共两大罪状：一是财，二是色。抛妻别子，另觅新欢，三宫六院，七十二妃，山寨吾皇，现今版陈世美，栽在石榴裙下。呜呼诸公，有好色之癖者，赶紧迷途知返，"翻然高举，与彼长辞"，是为幸甚！

朱光潜先生二十世纪四十年代曾说的话，不可或忘，某还能一字不错背下来："我坚信情感比理智重要，要洗刷人心，并非几句道德家言所可了事，一定要从'怡情养性'做起，一定要于饱食暖衣、高官厚禄等等之外，别有较高尚、较纯洁的企求。要求人心净化，先要求人生美化。"（《谈美》）字字珠玑，够吾辈受用终生，如何？

（原载于《人民日报·讽刺与幽默》）

杜周的"诺诺"

"谔谔"是正言批评,《晋书·傅玄传论》:"抗辞正色,补阙弼违,谔谔当朝,不忝其职者矣。"敢于伸张正气,一派"谔谔"的气度,个人得失无所顾忌,实际上是一种精神风貌,英雄气概。而"诺诺"则是一种声气,服服帖帖,这种人,有的只是"诺诺"的媚态、奴态,对顶头上司,只有诺声,而无正气,更别指望他有"谔谔"之铮骨。

谔谔之士,不畏权贵,刚正不阿,铁骨铮铮,表里如一,被归有光称赞为"持正之士谔谔"(《送吴纯甫先生会试序》)。

十多年前,看电视剧《司马迁》时,发现剧虽拍得不是很完美,但有一些对话和情节很生动。如司马迁被冤下狱,即将被处以宫刑,身为酷吏的杜周深知自己的劣行逃不过司马迁的秉笔直书,便以"同窗"的身份去"看望"他,对司马迁作了一番"开导",可谓"语重心长"。片中"原话"没有记录,但仅此"开导",颇令人玩味:大意是"你老先生不看场合,想说就说,现在闯下大祸,如何收拾！你作为史官，树敌切勿过多！孔子著《春秋》，提倡为尊者讳的曲笔，万望放在心上！为人处世，不可一味地直，有时也得圆！我身为要官，尚且每天小心谨慎，不敢有万一的疏忽，不敢随便发表意见，可你……"

这一番话，是告诉司马迁，会做官还不行，还得会做"人"，要面面俱到，不能老是"谔谔"直书历史，有很多时候是需要"诺诺"的；不要轻易发表"高见"，不要狗拿耗子；要善于察言观色，分辨风向；只有唯唯诺诺，使上级用你时有一种顺适感，而不感到你是个"刺头""意见箱"。把这个"人"做好了，"官"也就做稳当了。

话虽只有几句，"学问"还是很深的，对"谔谔"和"诺诺"，现身说法，解释很深透了。杜周对此深有研究，司马迁不如他，比如迎来送往、察言观色、表里参透、背景探索、心理揣摩、上司亲友关系、嗜好何物……这些"课题"，司马迁简直是个"老外"。

但司马迁并不领情，杜周的劣行，早被写入了《史记·酷吏列传》："自郅都、杜周十人者，此皆以酷烈为声……杜周从谀，以少言为重。""杜周初征为廷史（狱官），有一马，且不全（公用）；及身久任事，至三公列，子孙尊官，家訾累数巨矣。"寥寥几笔，就把他的贪腐劣迹记下了。

杜周的这种"从谀""少言"，就是"诺诺"的翻版，实质就是一种向上爬的手法，谋官谋权的"韬略"。平日里怡嬉微笑、彬彬有礼、风度翩翩，而一旦有人挡了他的官路和财路，就不管他同窗同乡好友同道，"该出手时便出手"，想方设法下套，扫清障碍。说得好听一些是"竞争"，说得实在一点，是黑道而非"人道"。颇似北宋蔡元度，为人嬉笑溢于颜面。虽见所甚憎者，亦加亲厚无间，人莫能测。一个怡嬉微笑的奸佞之徒去向一位堂堂的伟丈夫"做工作"，高谈做"人"的道理，真是个绝妙的讽刺！

司马迁写《史记》，只是直话直说，并不曾当堂谔谔指陈，批评上级，他毕竟是个拿笔杆子的学者，并非谏官。但平日生性直率，不会阿谀逢迎，写文章又不会掺假，正是这种"谔谔"风骨，使杜周之类的权贵看不顺眼。

杜周的"诺诺"之道，或可得意于一时，但毕竟活得窝囊，活得沉重。在汉武帝的眼里，他不值一提。用司马迁的话说，这种人活着或是死了，都比鸿毛还轻。

但"诺诺"之道这种"为官经验"，是一种舆论攻势，不可小看。这种攻势在历代官场都很凌厉，形成一种"道德"环境，也是几千年来封建官场的一种"潜传统"。君不见，有人当官一辈子，当从"凤凰池"走出来的时候，却并不是凤凰，而是左顾右盼、交游谨慎、不多发声、只会"诺诺"的木鸡。

（原载于《人民日报·讽刺与幽默》2017 年 9 月 25 日）

"人事学"并非"人才学"

　　清理书架时，把冯英子先生的杂文《移山集》翻出来重读，很受教益。他在 1981 年写了《人才学和人事学》这篇文章，说人才问题在中国已经谈论几千年了，中国是有人才的，有的为国家社稷做出了很大的贡献，也有的生不逢时，空有报国之心，有的看破尘俗，寄情山水，有的被卷入政治斗争的旋涡，成了牺牲品，当然，有的使用不对口，也有的尸位素餐……这是中国人才的生态。冯先生在谈到这些的时候，认为"今天恐怕还不是要研究怎样去发现人才，更重要的是把已有的人才用起来，使得人尽其才，才尽其用"。

　　至于"人事学"，冯先生说，这是他杜撰的一个词儿，其实，现实社会，对"人事学"的研究，已经有许多不是研究的研究，不是考证的考证，搞得很热闹，如"人力市场""人才中介"，这都是非主流的"市场人事学"。王安石批评孟尝君"擅齐之强，得一士焉，宜可以南面而制秦，尚取鸡鸣狗盗之力哉"（《读孟尝君传》）。这个"尚取鸡鸣狗盗之力哉"，即人力（装鸡鸣狗吠），而非人才

（"士"），说到底，也是"市场人事学"。

据说有一个落马市长，为政几年，将自己的亲属子女调入城市当公务员。但是这些亲戚学历、资历、实绩都不够条件，商调不成，他于是责成人事局"设法解决"。不多久，一套新的档案就制作完成了。二十世纪六十年代常用的油印表格，都是"真"的，档案里的历史和资历、学历、高级职称证书、"作品"、"成果"、"获奖证书"一应俱全，这些"人才"，神不知鬼不觉地从县城"蒸发"到了大城市某机关。这位"市长"和人事官员，对"人事学"研究之深，手法之巧妙，真是到了令人惊叹的地步！

所以，冯老师提出"人事学"问题，说到底，不是"人才学"，而是"人事权学"，对人才的脱颖而出，这种"权"越大，往往越没好处，这个研究越深，对人才脱颖而出越不利，成为用人腐败的渊薮。

要杜绝人事工作方面的以其昏昏，使人昭昭，指鹿为马，任人唯亲，就必须将"人事权学"彻底摒弃。韩愈说得很好，没有好的车把式，就没有千里马，"虽有名马，只辱于奴隶人之手，骈死于槽枥之间，不以千里称也"。现实中这样的"马倌"还少吗？而这样的"马倌"，正是热衷于"人事权学"的官员，压根不是伯乐。

（原载于《人民日报·讽刺与幽默》2010 年 1 月 1 日）

"人生识字糊涂始"

"人生识字糊涂始",原话是"人生识字忧患始",是鲁迅先生套用的。

这个"糊涂",是指"书呆子气",并不是真正"脑残",是因为"书读得多了"。有些"忧患",是否真是"糊涂"所致,亦恐难说。

那么,不识字,会说话,总明白吧?

说话是不必打底稿的,冲口而出,说过就"蒸发"了,即使听者有心,也不一定记得很全(刻意录音监听的除外)。很多时候,说者无意,听者有心,造成误会,闹出是非,这才抱怨"口无遮拦"。所以先人总是嘱咐,"是非只因多开口,少说话,不说话,没人说你是哑巴"。仔细想想,真不无道理。

说话是人生的第一课,远在识字之前,但先辈们似乎并不希望人们太会说话,告诫"敏于事而讷于言""食不言寝不语",嘴巴上了"锁",才被认为"可靠"。这种大学问,连窃听录音也无可奈何，现实中，因嘴上少把锁吃亏的人并不少，当然也有告密者泼脏水，本来是根本没有"说"，硬被诬陷所害。

可见，说话的学问，比识字难。

比如声调，声高是说，声低也是说，往往有理不在声高，声音低些，似乎更能把道理说明白，使人易于接受。但有时也提高声调，加重语气。拿破仑在他的讲稿里就提醒自己"此处论据不足，要提高声调"，先声夺人，属于演说的艺术。

再是说话要精练，不要一天到晚唠唠叨叨，说个没完，使听者厌烦。当老师，诲人不倦，另当别论。但夫子说，总之要像敲钟一样，敲一下响一声，敲而不响是保守，不敲而响是唠叨，"人之患好为人师也"，常设坛论道，胡说八道，指鹿为马，翻云覆雨。

更高的层次，当然是说真话，不说假话。关于"说真话"，话就多了。

官员有官员的真话，商人有商人的真话，莎士比亚的《威尼斯商人》里，高利贷者夏洛克借给威尼斯商人安东尼奥三千金币，借据注明：借期三月，如期满还不上钱，就从安东尼奥身上割下一磅肉抵债。这是夏洛克难得的一句真话。夏洛克的这句真话，在这几年市场经济的人际交往中很受用。

有位领导，下基层时，向老百姓表态说，以后有何困难，直接找他反映，并当场给群众留下自己的手机号码。此举使在场群众感动。但他回到办公室以后，手机一直没开过，基层有事找他，怎么也打不通。原来他这个手机挂在腰间是做做样子的，从不开机。实际上他的公文包里，另有两部手机是开机状态的，一部是与上级联系的，二十四小时"恭候起居"，另一部是与酒肉朋友联系，赶饭局、约会用的，在家关机，出门开机，三部手机，各有用场，这就叫同而不和，手机再多也听不到他一句真心话。老百姓当然也就不会向这种人掏"心"掏"肺"了，那手机号码也无人拨打，还送他一个"雅称"："没一句话可信。"

真话究竟是什么话呢？先人说"言为心声"，照这个意思解释，真话就是心里话。孔子批评"小人同而不和"，骨子里另搞一套，嘴上却一味附和，满口假话。曾子说"吾日三省吾身"，其中就有"与朋友交而不信乎？""信"者，信用，讲真心话，办老实事。"不知言，无以知其人"，"听其言，观其行"，"视其所以，观其所由，察其所安"，这么一考察，就能了解一个人。如果绕了半天弯子，不说一句真话，其心如深井，谁敢相信此人？

（原载于《新民晚报》2015 年 12 月 16 日）

犹闻太行马鸣

——人力资源与市场

一

战国春申君的门客汗明，给春申君说了一个关于伯乐的故事。

汗明说，有一次，伯乐遇到一匹老马拖着盐车上太行山，这匹老马年纪很大了，膝关节直不起来了，尾部皮肤磨烂，血和汗水一路流洒，爬到半山腰，再也上不去了。伯乐见了，"攀而哭之"，立即将自己的风衣脱下，给老马盖上，并卸下它的辕辔，让它好好休息。这匹老马对着伯乐"俛而喷，仰而鸣，声达于天，若出金石声者，何也？彼见伯乐之知己也"（《战国策·楚策四》）。想来真是很感人的场景！

无疑，汗明是借此告诉春申君，要关心宾客的疾苦，提高待遇，推荐职位。盛行养士之风的年代，门客聚在一起，找话头闲聊，多是谈论奇闻轶事、隐士奇才，无非讨主公欢心。楚国春申君的大宅院，供养门客数千，根据本事大小（那时还没有职称、职务）分三六九等，待遇上互相攀比就很激烈。汪明引用这个故事，大概也算是给自己维权吧，希望春申君体恤人才（当然是指自己），推荐个职位，脱离贱役，以便崭露头角，太行山的老马，倘不是幸遇伯乐，它没准就死在半山腰了。

二

人才资源，不同的社会，有不同的价值观。俗云："七十二行，行行出状元。"可是成为"状元"并不容易，有真本事更难。"三年出个状元，十年出不了个唱戏的"，功夫苦中求，"冬练三九，夏练三伏"，很多人不愿意吃那碗苦饭。现今有人弄个高职称、高学历，请人代考，易如反掌，那是投机取巧。

韩愈说"千里马常有"，不是说俯拾即是，也不是说你是你就是。千里马有它的特点，和人才一样，总是有些不同凡响的地方，甚至这些特点可能正是他的短处。"状元"里头，可能有好"马"、名"马"，但不一定都能"夜行千里""快如流星"，不能光看来头。

韩愈又说"伯乐不常有"，是说真正懂行的车把式不多。伯乐没有职称，更没有职务，充其量也就是个赶车的人，或曰"相马能手"，他的意见，只能代表他自己。不过假如成立一个"相马评定委员会"，推选他为主席，那情况就不同了，他的话就不仅仅代表他自己了，经他相过的马，不是千里驹也是"荣誉千里驹"，立马有人颁发证书，吹吹打打。据了解，后来的"伯乐"基本走上了仕途，已不是当年纯粹的赶车人。

三

人们天天说要发现人才，使用人才，希望天公不拘一格降人才，是不是人才已经用尽，已经野无遗贤？抑或对识才用才毫无所知，隔山买牛？人事者，人才之事也，是研究、发现、使用、爱护人才，为人才脱颖而出搭建平台，而不是搞市场交易。

学习车把式，先当行家，策之以其道，食之尽其材，鸣之通其意，才算懂行。最近有篇报道说"中国制造能让高铁飞驰、蛟龙入海、玉兔登月，中国技工能够在世界技能大赛中披金摘银，却为何难以造出一支好用的圆珠笔、难以造出国人在海外疯抢的马桶盖"？就连中华人民共和国人力资源和社会保障部副部长也感叹人才机制发展的不平衡。他说："在一些传统行业，我们的高级技师、首席技师、特级技师还是少了一些。""为何造得出高铁、大飞机、卫星，却造不好圆珠笔和马桶盖？"

注重重点领域是对的，但更多与国计民生密切相关的系统性领域却被忽视。据说原来一个八级技工，是工厂的抢手货，工资高过厂长，那时衡量一个厂的实力，就看有多少位八级技工。后来"下岗"潮来，厂子不能自保，这些人才就涌入社会，各自为谋了。有的去打铁，有的去修车，有的跑运输……一身好功夫，叹无用武之地，眼看白雪盈顶，岁月不留。

如何提高"蓝领工人"的社会声望？中国社会科学院专家高文书说，应该从畅通职业发展通道、提高收入水平、改善工作环境三个方面入手。我借汪明一句话补充："还得珍惜人才。"

铺天盖地的"人才市场"，究竟买进和卖出多少人才？经济效益如何？"人事权"的叠床架屋，使多少千里马"只辱于奴隶人之手，骈死于槽枥之间，不以千里称也"？

四

春秋战国时期，养士的目的是垄断人才资源，手下没有人才，等于商人没有资本，这是统治者的人才价值观，并非真正尊重人才。但两千年前的纳士，有个特点，似可"贴现"，为今天所参考，那就是不随人俯仰。

春秋有个叫杨因的人，要求见赵简子，说："我在家乡三次被赶出来，后来跟君主办事，又五次被辞退，听说您喜欢人才，故来拜见。"赵简子正在吃饭，听这么一说，不吃了，诚恳地准备见此人。左右谋士进谏说："居乡三次被赶出来，是不容众；事君五去，是不忠上，这个人已经有八次不良记录了。"赵简子说："你们有所不知，往往有这样的情况：女人长得很美，必然遭丑妇嫉妒；有大德的人才，乱世必然孤立；有正直之心的人，邪恶势力必然憎恨。"说完，出来相见，并聘任杨因为相，国家因此大治（《说苑》）。

赵简子有独立见解：在鲁国被冷落的人，不一定对齐国没有用。杨因也很诚实，不等有人写小报告，或者发公函，自己和盘托出"不良记录"，得到赵简子的信任。但我想，即使有"小报告""公函"送达，赵简子也不会听信，这是无疑的。

（原载于《新民晚报·夜光杯》2014 年 8 月 28 日）

《羔羊》点赞什么

　　《羔羊》这首诗，究竟是赞诗还是讽刺诗，已经聚讼千年。一些人认为此诗是"赞美官吏燕居生活"（官员退朝后回到家里闲处叫"燕居"，类似现在"八小时以外"），理由是，士大夫穿羔裘，表现了生活简朴，因为羔裘本是贫者穿的衣料。

　　"羔裘"究竟是不是贫者的衣着呢？非也。羔裘（羔羊的皮）是比较贵重的"衣料"，那时候是"上等人"才能穿的，而羊裘（老羊皮），则是粗糙的、连毛都掉得差不多了，是贫者穿的"料子"。《淮南子·齐俗训》记载，"贫人则夏披葛带索"，"冬则羊裘解札"，也就是一块老羊皮把身体裹住，用绳子捆扎，以挡风寒。《后汉书·马援传》中说马援富时有牛马羊数千头、谷数万斛，后来"尽散以班（颁）昆弟故旧"，自己"身衣羊裘皮绔"，生活十分节俭。应该说，《羔羊》诗里的确是赞颂"羔羊"，说羔羊的皮毛洁白（素）、柔屈（丝），令人喜爱。但单纯的赞美，不是诗的宗旨，必有其内涵。诗写道：

羔羊之皮，素丝五紽。退食自公，委蛇委蛇。

羔羊之革，素丝五緎。委蛇委蛇，自公退食。

羔羊之缝，素丝五总。委蛇委蛇，退食自公。

《诗经·国风·召南》

　　除赞美羔毛，还写了"委蛇委蛇""自公退食"和"退食自公"，我觉得全诗的重点就在这十二个字里。用今天的话说，这就是官员吃完官府"公食"下班了，穿着一身洁白柔软的羔裘，缓步回家。身披老羊皮的诗人在一旁见了，发了诗兴，赞叹羔毛的洁白柔软，很少见到，甚是羡慕……全诗只是点到为止，没有一个批评的字眼儿，是赞还是讽，读者自可琢磨。

　　所以，《羔羊》一诗，显然不是对士大夫的点赞。"委蛇委蛇"，描绘了官员吃完免费公餐，步履舒缓而摇摇摆摆回家的样子。

　　步履缓慢，"委蛇委蛇"，像蠕动一样，是因为他们除了身着羔裘，还佩戴了一些玉饰，一走路就发出声响（"环珮璆然"），走得太快，玉珮就可能因互相撞击而破裂。

　　《论语·乡党》记载，那时候很讲究衣裳的色彩、质地的搭配，在士大夫中形成风气，坐在一起，五彩斑斓，华丽富贵，与现在的戏服相若。清人刘宝楠《论语正义》里记载："郑注云：'缁衣羔裘，诸侯视朝之服，亦卿大夫祭于君之服。'……经传凡言羔裘，皆谓黑裘，若今称紫羔矣。"对此，《毛诗·序》批评曰："国小而迫，君不用道，好絜其衣服，逍遥游燕，而不能自强于政治。"批评当时桧这样的小国，国君只注重服饰，不理朝政，哪能不叫人担忧呢！在《郑风》《唐风》里，同样有以羔裘为题的诗作，表达诗人对自己国家政治前途的忧虑。

《晋书·王导传》也记载，晋国由于奢靡，冬着羔裘，夏穿五彩斑斓的丝绸，导致经济凋敝，王导只好带头不穿丝绸，而穿练布的单衣。所谓练布，是一种粗糙稀疏的粗布，有粗练和细练之分，当时的朝官，都跟着"衣着简朴"。

诗经里《郑风》《唐风》《桧风》里都有写羔裘的。而在《魏风》的《伐檀》里，诗人提出诘问："彼君子兮，不素餐兮！"意即你这个不稼不穑、不狩不猎却拥有大量财富的大夫，难道不是白吃白喝?！

《羔羊》正是对当时官员穿着、"公食"的奢靡生活的暗讽。

从《羔羊》可以看出，那时已经有了"公膳"制度。大夫退朝，按常规要用公膳。今人蒋立甫先生称："《左传·襄公二十八年》：'公膳，日双鸡。'杜预注：'谓公家供卿大夫之常膳。'这与当时民众的生活水平相对照，无疑天上地下之别。《孟子·梁惠王上》中孟子阐述的符合王道的理想社会，在丰收年成，也才是'七十者可以食肉矣'，而大夫公膳常例竟是'日双鸡'，何等奢侈！诗人虽然没有明言'食'是什么，以春秋襄公时代的公膳例之，大约相差无几。"（《诗经选注》）

看来，几千年前，奢靡之风就受老百姓诟病。舞榭歌台、酒池肉林，并非虚构，孔子愤然去鲁至卫，"墨子非乐，不入朝歌之邑"，也非诬说。先贤认为礼崩乐坏，就是对周朝以来维系的典章制度和道德规范的毁坏，必然导致政权衰亡。事实也确证鲁国不久后倒台，商纣王也以腐败亡国，落下千古骂名。

（原载于《人民日报》2015 年 4 月 22 日）

"本官今日断屠"

北宋有句童谣："苏文熟，吃羊肉，苏文生，嚼菜根。"认为读好了苏东坡的文章，就是好样的，吃羊肉，读得不好，就只有嚼菜根的命。真正求知做学问，还得讲门道。

北宋有位殿帅姚麟，十分喜欢苏东坡的字，用钱和羊肉作为交换，向人换取苏东坡的片纸只字，收藏玩味。当时有个韩宗儒，很贪吃，借机向苏东坡写信打秋风，骗取其亲笔复信，然后拿去向姚麟换羊肉吃。因为苏东坡素有来而必往的习惯，对文件信函，每件必亲书回帖。

时间一长了，苏东坡哪能不知道？但他并不在意，一笑置之。而韩宗儒不知进退，再三索取苏东坡的回帖，苏东坡诙谐说道："传话下去，本官今日断屠。"

宋朝那个时代，不讲"名人效应"，因为传播速度慢，看重的是作品的真材实料。远不如现在的互联网，各种名头的"名人""颜值""大师""神仙"……铺天盖地而来，如雷贯耳，想不知道都不行。苏东坡受元祐党案的影响，他的书法作品曾被封杀，尤其楷书，很难见到，于是物以稀为贵，使其书更受追捧，很多人以得到一纸苏东坡的手迹为荣。

苏东坡的字，留下来的不是很多，诗文却很多，有气势，如大江东去，婉转曲折，一泻千里，自言"吾文如万斛泉源，不择地而出，在平地滔滔汩汩，虽一日千里无难。及其与山石曲折、随物赋形，而不可知也。所可知者，常行于所当行，常止于不可不止，如是而已矣，其他虽吾亦不能知也"（《经进东坡文集事略》卷五十七）。

这使人想起中国戏曲谚语："中外行吃肉，中内行喝粥。"因为过去长街卖艺，看热闹的比看门道的多，所谓"外行看热闹，内行看门道"，是旧时艺人讨生活的诀窍，不讨好外行，就只能穷得喝粥。现在"书法家"很多，"书家多如狗，大师满街走"，有的"书家"吃不上肉，就玩个技巧，如左右开弓，身体写字，倒立作书，喷射书法……图个热闹，交个"朋友"，"大家捧个场，在下谢过了"……双手一拱，专拱外行，来看热闹的。他心里明白着，眼睛亮着，假如苏东坡在场，他早逃之夭夭，还好，他没上前打秋风，一如韩宗儒。

苏东坡断屠，断了贪吃羊肉的韩宗儒的口福，也对当今"粥派"当头棒喝：早日收摊儿。

（原载于《新民晚报》2017 年 6 月 25 日）

断想四则

一

晏子是齐国的高官，他不住官邸，要住普通的民房，并且要住在贫民区。齐景公劝他住进官邸，远离市嚣，他不干。后来晏子出差，齐景公趁机在环境优雅的地方给他盖了一栋很阔气的官邸，等他回来住进去。晏子经不住齐景公劝说，勉强住了进去，但住了不多久，他觉得不习惯，又回到陋巷，并且将新官邸拆掉，把材料用来恢复所住民房原貌。齐景公为此大怒，骂这个晏子不识抬举。

像晏子这样范儿的官员，历代都有，并不少。孔子劝颜回去当官，说当官有身价，不至于住在陋巷里。颜回说，陋巷没有什么不好，学生衣食无虞，鼓琴放歌，很快乐，不当官。孔子很高兴，说你的选择很好。

《金瓶梅》里说，蔡京做寿，西门庆送十万寿礼，派亲信押解进京。蔡京打开礼簿，看得眼花缭乱，心中欢喜，因道："礼物我故收了累次，承你主人费心，无物可伸，如何是好？你主人身上可有甚官役？"于是透露说，皇上正好给了他几个"指标"，可以解决这个问题。解押之人耳目灵光，一听便知，立即向西门庆转达信息。

蔡京把做官当作做买卖，把乌纱商品化，并且乌纱有大小之分，戴的时间有长短之分，全仗"送礼"的多少而定。"一介乡民"的西门庆，就是这样子当上了提刑所的提刑官，副处待遇，连押送寿礼的亲戚也伴龙得雨，当了小科长。而西门庆是否称职，有没有干提刑的才能，蔡大人可就管不了那么多，反正说你行，不行也行，一时间导致因人设事，冠盖如云。

看来，在当官的问题上，意识也是各有不同的。

意识的不同，反映仕途坎坷，清者自清，浊者自浊。

仕途坎坷，又反映官制腐败，捡到篮子里都成了菜。

二

中国古代，官职上万，相当复杂，选官制度也不一而足。

选官主要通过考试，还有向名士和重臣们投卷（送上自己的代表作），请他们择优向朝廷推荐，获得启用。但兴一利必生一弊，一时间弄虚作假、欺世盗名者浑水摸鱼，"投卷"也就流于形式，弊端百出。

想当官的人中，有动机不纯的，跑官，要官，甚至买官，"钱货两清"，不乏其人。买官者的官意识，无非是买权，投机而已。

　　也有不想当官的，去当隐士，蒋星煜先生的《中国隐士与中国文化》说有的隐士，不想当官，或隐姓埋名，或不露行迹，玩人间蒸发。现在有些人说，这是逃避现实。究其隐情，不能一概而论。那时候，官场贪腐，使一些读书人空有报国之志，很失望，只好隐居林麓，寄情山水。有的则看淡人生，笃信羽化登仙，偏处一隅，青灯黄卷，吐纳清虚；有的怀才不遇，"玉在椟中求善价，钗于奁内待时飞"；有的受挤迫，边缘化，于是拂袖而去，不一而足。一辈子隐下去，终老林麓有之；隐半截子，后来又坐轿子到朝廷做官有之；坐在山中，收点"小费"，给皇帝出谋划策有之……修成正果，羽化成仙的，总之还未见。

　　话说回来，中国古代官场，也并非漆黑如夜，所谓泾渭分明，正派人也还是有的。江西浮梁县衙还保存着一副对联："得一官不荣，失一官不辱，勿说一官无用，地方全靠一官；吃百姓之饭，穿百姓之衣，莫道百姓可欺，自己也是百姓。"意即不论官阶高低，也不论"资历""学历"深浅，都是来自老百姓，都要为老百姓办事，不能环境地位变了，人也跟着变。这种正气，古代官场不乏其人，晏子就是一个。当然，有的官员正事不干，搞歪门邪道，贪污腐败，当"红顶中介"，捞取好处，或充当邪恶势力的保护伞，欺压百姓，或权力旁落，家人亲属说了算，自己装聋作哑，百姓看在眼里，恨在心里，久之便形成各种不同"官"意识，出现分道扬镳，人才流失。

三

十载寒窗，奔科考、贡试，虽然择优录取，但那时候没有组织考察，很有些是当朝炙手可热的"领导"推荐，德行和官意识往往良莠不齐，鱼龙混杂，何谓清，何谓浊，多少读书人搞不清楚，只从旧戏里略知一二，骂几句完事。还知道住官邸是官大的，像晏子那样住安居房是"个别现象"；官小的，叫"芝麻官"，人数众多，有好"芝麻"，也有烂"芝麻"，有的真把自己"小民"化，思想落后，不思上进，甚至偷鸡摸狗，不如一个百姓的觉悟，这就是那对联里所批评的。

国家兴亡，匹夫有责，干部队伍的建设，事关国计民生，马虎不得，"主管部门"可谓殚精竭虑。没有官不行，这么大的国家，这么多事情，"勿说一官无用，地方全靠一官"，但老百姓的希望就是多出好官，少出赖官，但不容易，与官制和官意识有关。中国的官多，但好官多还是赖官多？如果说任何时候都是九个指头和一个指头的关系，未免不切实际，不能打这个包票。但是可以这么说：中国在进步，会出好官，好官会越来越多。

四

《淮南子》说，蘧伯玉"年五十而知四十九年非"。蘧伯玉是个富于自省精神的人。他每天都思考前一天所犯的错误，力求一天比一天进步；他每年都要思考上一年的不足，到了五十岁那年，仍然在思考之前四十九年有哪些错误，加以改进，使自己的人格逐步完美起来。

人们总是不大容易发现自己的缺点和错误，如果能时时检点，自我完善，听取别人的意见，是很可贵的，进步会很可喜的。

在蘧伯玉之前，曾子"吾日三省吾身"，哪三个方面呢？"为人谋而不忠乎？与朋友交而不信乎？传不习乎？"一天思考这三点（为人、交友、学习），已经很不错了，而蘧伯玉能够"年五十而知四十九年非"，更不简单。

宋朝的赵康靖公，尝置黄黑二豆于几案间，自旦数之。每兴一善念，为一善事，则投一黄豆于别器，恶则投黑豆。到黄昏时打开查看，初黑多于黄，渐久反之，也很可嘉。现代像这样富于自省者，还有多少？计较别人的多还是反省自己的多？我看往往是前者。

（原载于《新民晚报》2015 年 10 月 16 日）

西北望

唐代诗人耿沣的诗:"西北长安远,登临恨几重。"现在去西安,交通很方便了,不必为登临犯难。

二十多年前,大姐夫妇从中国人民解放军军事工程学院迁到西北工业大学时,邀请我去西安,看看古城。那次是坐火车去的,也是第一次西行。一路上,我看见高原崖崖儿边的窑洞,觉得很新奇:西北人的"穴居"真是一种智慧啊!听说这种窑洞看上去颇原始、"土气",但其全土结构,冬暖夏凉,住进去才知道它的舒适。

二十多年后,是搭飞机去的。飞机进入陕西,从高空俯瞰,竟是团团云絮,所谓八百里秦川,云遮雾障,连依稀可辨也谈不上。只有走出机舱的那一刻,才感受到陕西豪爽、粗犷的人气,和着略带沙尘的西北风扑面而来。古老的、高高的城墙延绵数里,城楼上旌旗招展,一扫苍凉之感。睽违多年,钟楼还是那样沧桑、巍峨,矗立在市中心,车水马龙,在它的脚下川流不息……

汽车驶向咸阳,驶向宝鸡,公路两旁是绿油油的小麦,还有尚未着花的苹果树，放眼望去，这绿色的"地毯"一直铺到了天边。这就是我向往已久的关中平原！风是芳香的，清新的，满眼的绿，满眼的生机。时值仲春，却不见半点江南那种兼葭苍苍、春昼阴阴的景象。

在风景如画的咸阳城西，耸立着一尊苏武的塑像，头戴棉帽，手执节杖，凝眸东南。他是西安（杜陵）人，想起"杜陵寒食草青青"，我们此次正是清明之后来到的他家乡，是的，草正青青，而他的忧国之思，再一次深深打动我，使我倾慕不已，心向往之。

车往前行，路两旁高高的白杨、槐树，倏忽即过，槐花的香气沁人心脾。

一路上，除了司机是汉中人，还接触了一些关中平原的汉子，身材魁梧，略圆的脸膛黑里透红，衣着朴实，有的还身着好些年前时兴的蓝干部服，戴着干部帽，说话不绕弯子，但很幽默。在一个景点休息时，五六辆敞篷游览车载着十来个西装革履的干部，快速驶过来，一位关中汉子站起来说："为人民服务的人来了，咱给让个道儿，给他们优先进去参观。"他说话一本正经，待大家寻思便发现这话里有话，一个个笑出眼泪来。

武则天的无字碑位于咸阳市区西北方五十公里处的干陵司马道东侧，北靠土阙，南依翁仲，西与述圣纪碑相对。望去可谓风光秀丽，视野开阔，气势不凡。

我启程前，同事说此行你可以饱餐羊肉泡馍了，到了西北，人们自豪地告诉我，羊肉泡馍和肉夹馍已申报世界非物质文化遗产，是世界名吃。大街小巷有很多专营泡馍、肉夹馍的百年老店。年轻人中午的主要食物，也就是肉夹馍和油煎馅饼。

西北的馍，其实就是饼，南方叫烤饼，烤得焦焦的，从中间剖开，夹进羊肉、酱料，咬一口，馍的酥香松脆，羊肉的鲜香热烂，比汉堡的味道更美、更香。

口袋饼的风味最令我难忘。做法有很多种，有的看上去像一个大饼，仔细端详，发现是空心的，像一个口袋。买的时候，可任选馅儿料，有羊肉馅儿、韭菜馅儿、辣菜馅儿……选定后，师傅将馅儿一勺一勺往"口袋"里灌，然后用一个纸袋装好，纸袋上印有"口袋饼"广告字样，你可以一边走，一边吃，香喷喷、油滋滋的。

羊市街是让人大饱口福的地方，而能大饱眼福的，就要到古玩城去看皮影戏了。

皮影戏浓厚的秦腔声口，"嘛喤"（即帮腔）与湘剧高腔的主唱领起、乐队全体和声，颇为类似。这种声腔，每至高潮动情处，一人领唱，全体帮腔，气氛浓烈，娓娓动听。其道白有散白、韵白两种，以地道的方言，夹杂西北民间俗语、谚语、歇后语等，幽默诙谐，充满乡土气息和民俗风味，听众听来觉得十分亲切。难怪剧作家田汉说："影子戏是我接触戏剧的起点。"易俗社，距离古玩城不远，一定要去看看，那是秦腔的"根据地"。

易俗社的秦腔，那高亢而带有几分苍凉感的声腔，令我向往已久。遗憾的是此时易俗社正在装修，我白跑一趟。门卫告诉我，一个月以后，将有秦腔大会演，可我即将回南方，不能躬逢其盛。但我知道，易俗社原名陕西伶学社，是著名的秦腔科班，由陕西省修史局总纂、同盟会会员李桐轩创办于1912年8月，与莫斯科大剧院、英国皇家剧院并称为世界艺坛三大古老剧社。当年鲁迅先生到西安，就在这里听秦腔。鲁迅曾赞扬易俗社："西安地处偏远，交通不便，而能有这样一个以立意提倡社会教育为宗旨的剧社，起移风易俗的作用，实属难能可贵。"并为易俗社题写了"古调独弹"的匾额，真是了得！

每一次到西安，我都有不同的感觉。雨天，使我怀有风雨如晦、鸡鸣不已的苍凉之感；晴天，则有"大漠孤烟直，长河落日圆"的豪迈之慨，满城匆匆过客，置身其中，仿佛回到秦皇汉武时代，听到了传唱西安诗人韦庄的《秦妇吟》……

"少壮几时奈老何"，这是苏东坡的诗句，忆昔少壮，转瞬间白雪盈顶，垂垂老矣，但每次去西安，我总觉得世上有些东西是不老的，西安的古城老了吗？没有。羊市街老了吗？没有。秦腔老了吗？没有。那我还有什么理由伤春悲秋呢？

我常想起李娜唱的那首歌："……我家住在黄土高坡，大风从坡上刮过，不管是西北风还是东南风，都是我的歌我的歌。"那种豪迈、自信，曾令多少人为之感动，为之眼含热泪。

（原载于《陕西艺文志》2013年第1期）

斯文"鸡汤"该给谁喝

读书人的雅称：斯文人。

鲁迅先生说，清代有些人崇尚斯文，出门前把嘴唇涂黑，表示自己刚写过文章，吮过笔头。因为那时候不管是谁，斯斯文文，就能受到社会的尊重。所以，即使不会识字断句，装也要装个斯文。我常想，这种对斯文的追求，对自身形象的提高，实在很可爱。我还听说，过去南京人拜亲访友，没有像样的衣服，是不好意思出门的，有时候索性到租衣店去租。——这也是一种"装"出来的斯文，尽管那些人中不乏饱读诗书的儒雅之士。

由此可见，自古以来，斯文是中国社会共同追求的人格标准，不管是什么阶层的人，不斯文是不受欢迎的，有辱斯文的行为会受到社会的谴责。

书读得多，不一定就斯文。甚至有的读书人视斯文为虚礼，如《宋稗类钞》中说王安石，"不事修饰"，"饮食粗恶，一无所择"，朋友韩玉汝把他拉到寺里洗澡，给换件干净衣服，他谢也不谢，拿来就穿，我想这大概是荆公求学时候的事，总之是有欠斯文。曾经翻资料，得知章太炎先生文章锦绣，生活上也不太注意，一年四季手持一扇，满口黄牙，指甲留得老长。这种"名士风范"，为许多后来者所不屑。当然，也有人觉得蛮有"风度"，是"香饽饽"。近年我常常得见邋里邋遢的美髯公和披头士，说实在话，谈不上一会儿，我便觉得这些所谓"名士"，只是徒有其"名"而已。

　　听说有位诗人，在大庭广众脱得精光朗诵自己的作品。某省也有位诗人声言，愿意把自己包给款爷、富婆，最新消息说已经被四川一位富姐儿包养，富姐儿说："'包养'这个词儿很时尚，我其实是觉得他太落魄，很同情他，每个月给他一万元，给他租一间单房用来写作，还要看他写得怎样，不了解他，所以先要写一个契约。"云云。是值得庆幸还是值得悲哀？我也说不出所以来。还有位教授，"编"了一部大辞典，其中许多内容，是囫囵抄袭《现代汉语词典》的；《现代汉语词典》是中国社科院语言研究所的专家们当年在周总理的关怀下编辑出版的。除了盗名窃誉，还有"经济学家"在股市空手套白狼……这些斯文扫地的人，竟是在中国老百姓心中很有地位的"读书人"，有的还是在"天地君亲师"的牌位上占一席之地的人！听说有人到了国外也不拘小节，放浪形骸，大声喧哗，吃相难看，外国人为此提出要给那些人专门安排一个吃饭的地方。尽管外国人也并不是斯文绝顶，也有不少的混混，但我们崇尚了几千年的斯文，我们的含蓄、文雅、温和、敦厚、谦让，怎么就丢得没了影儿？吃饭还让人给开"小灶"？

　　有些人谈起外国的 gentle（文雅的绅士风度），眉飞色舞，羡慕得不得了，其实那 gentle 与中国的斯文是一个意思。可笑的是，仿佛一沾了洋气，gentle 就成了"鸡汤"，相反则是白开水。更有认为没受过更多教育的人应该多喝这种"鸡汤"，而自己（当然是大抵受过许多教育的）则不必去 gentle。于是，"名士风范"便大行其道矣。

　　英国作家约翰·高尔斯华绥（Hohn Galsworthy）的小说《品质》里描写了一个皮匠，他不管什么时候，总是要求自己"把鞋子的本质缝到靴子里去"，他坐在马扎上，不易寒暑，呵冻挥汗，甚至宁愿捐弃功利，也要用最好的皮革做最好的靴子奉献给人类。这样的皮匠、木匠、篾匠、弹花匠、钟表匠……中国也有不少，他们的身上，那种执着，那种诚信，时刻提醒人们，做人也和做鞋一样，要把中华民族伟大的传统、人的优秀品质，"编织"到灵魂里面去，要用最高尚的人格，直立在这个世界上。

　　我想，那些号称"雅士"的人们，缺的往往也正是这一点。

（原载于《文汇报·笔会》2007 年 4 月 7 日）

换位思考如何

范仲淹提出"居庙堂之高，则忧其民；处江湖之远，则忧其君"，这是一种"换位思考"，也就是设身处地替别人想想。或者叫作"将心比心"，"推己及人"。这对改善干群关系，改进领导作风，不失为一种好的思想方法。比如用公款吃喝，面对大鱼大肉、生猛海鲜，做点"换位思考"，想想纳税人的辛勤劳动，想想还有许多人尚未真正脱贫，也许会放下筷子，拂袖而去。

中国人的"官"念极强，很难淡化。以官阶论地位、论待遇、论次序，尽管说"党内一律称同志"，不要喊什么"长"，但在有些地方、有些人那儿，如果不怕遭白眼，你就去试试。说明"官本位"根深蒂固，很难动摇，很难"同志"，更难"同酬"。有的地方，甚至和尚的度牒，都有处级、科级之分。干部队伍中的"人往高处走"，能上不能下，能官不能民的现象，已非今日始。干群之间，说掏心话少了；干部下乡，狗见了不叫的少了。唐代诗人白居易下乡看农民割麦子，就感叹："今我何功德，曾不事农桑。吏禄三百石，岁晏有余粮。念此私自愧，尽日不能忘。"老先生一换位思考，就感到关心农民不够，下乡太少，工作没有做好，十分惭愧。假如他不到田头地里去走走，不去和农民多交谈，只想着往上升，就不会有这样的"思想火花"。

许多农民离乡背井外出打工，一年下来，"黑心"老板拖欠工资不给，作为主管部门，倘能换位思考，想想如果自己的子女也在打工者之列，能不"夜参半而不寐兮，怅盘桓以反侧"？作为矿山的主管者，假如能换位想想，是自己的亲属在矿井下采矿，或自己也在矿井下办公，一定不会对矿井的安全置若罔闻，听之任之。"人命关天"这四个字，只有"关己"的时候，才会被某些人放进心中。

但换位思考也不是一抓就灵。这是因为：一是不一定人人都愿意接受。脑袋在人家的脖子上，想不想是他的事。二是换位思考要用功，需要多角度多层次思考，主观地想，客观地看，得出一个正确的认识。这是一个从实践到认识的过程，并不简单。有的市政府规定，凡提拔的官员，须先到信访部门干一段时间，然后才能走马上任。到信访部门工作，可以直接听到群众的呼声，了解百姓的疾苦。这个愿望是好的，但能坚持下去吗？有一定的制度，甚至有切实的监督措施，还不能说就已登堂入室，凡事多换位思考，才有新的境界。

人们不喜欢"官腔""官架子""官样文章""官僚作风"……

那么，坐在官位上想问题、做决定、订计划、拿方案……老百姓就喜欢吗？只有摈弃"官习"，才能接近实际，心系百姓，否则，什么事都可以做做样子，走走过场，甩甩官腔，与老百姓永远不同心，不同志，不同酬，也不同谋，其结果往往是身相近，心相远。

（原载于《人民日报》2014 年 12 月 13 日）

王维的《卧雪图》

　　人们对盛唐时期王维的诗与画，评价甚多，称他"诗中有画，画中有诗"，因为富有禅意，又称他为诗佛。他确实与佛教有一定的缘分，一生崇拜维摩诘，并以维摩诘自诩。

　　维摩诘（梵文 Vimalakīrti，音译为维摩罗诘、毗摩罗诘，略称维摩或维摩诘；意译为净名、无垢尘，意思是以洁净、没有染污而著称的人。梵文里"维"是"没有"之意，"摩"是"脏"，而"诘"是"匀称"。即为无垢），早期佛教著名居士、在家菩萨。

　　据《维摩诘经》讲，维摩诘是古印度毗舍离地方的一个富翁，家有万贯，奴婢成群。但是，他勤于攻读，虔诚修行，能够"处相而不住相"，"对境而不生境"，得圣果成就，被称为菩萨。维摩诘辩才好，慈悲随和，受到街坊居民们的爱戴。他的妻子貌美，名叫无垢，有一双儿女，子名善思童子，女名月上女，皆具宿世善根。一家四口，平日以法自娱。

　　维摩诘往来于各阶层，经商讲信用，甚至出入各种声色场所，提供修行人治病的妙药良方，随缘度众，宣扬大乘佛教的教义，强调"烦恼即菩提，不离生死而住涅槃"的不二法门。

唐朝时候，王维的母亲奉信维摩诘，王维也受维摩诘世间与出世间不二境界的思想影响，认为"佛法在世间，不离世间觉"，身为居士，具足恒沙烦恼，也可以得法。出世入世一切法没有分别，也能至解脱境界。"火中生莲华，是可谓希有。在欲而行禅，希有亦如是。"他把这一理论融入自己的诗画创作里，使作品具有清逸、空灵、超脱的意境。

王维的诗，已有许多文章论及，我想就他的画谈点自己的心得。

钱锺书说王维是神韵诗派的宗师，而且是南宗禅最早的一位信奉者。《神会和尚遗集·语录第一残卷》记载"侍御史王维在临湍驿中问和上若为修道"的对话，这个地位已经很不一般。他的诗、禅、画三者合一，苏东坡说："维摩诘之诗，诗中有画；观摩诘之画，画中有诗。"

特别是自唐以来，评价王维的画，多以"不问四时"崇之。沈括在《梦溪笔谈》引张彦远画评言，说王维画花"往往以桃、杏、芙蓉、莲花同画一景"，没有春夏秋冬之分。有名的《卧雪图》，画出雪中有芭蕉，传播久远，被认为是"名言两忘，色相俱泯"的奇作。正像他的诗《积雨辋川庄作》里所描绘的"积雨空林烟火迟，蒸藜炊黍饷东菑。漠漠水田飞白鹭，阴阴夏木啭黄鹂。山中习静观朝槿，松下清斋折露葵。野老与人争席罢，海鸥何事更相疑"，白鹭、黄鹂、野老形成一幅和谐的画面，情感平淡自然，没有那种感时的情感渲染。

人们通常只说"书画同源",认为书法与绘画,技法与精神是相通的。而诗与画,关系也是如此。有"诗是无形画,画是有形诗","画是无声诗,诗是有声画"之谓。外国还有说"画是哑巴诗,诗是盲人画"。钱锺书说"诗、画作为孪生姊妹的说法是千余年来西方文艺理论的奠基石,也就是莱辛所要扫除的绊脚石,因为由他看来,诗、画各有各的面貌衣饰,是'绝不争风吃醋的姊妹'(keine eifersüchtige schwester)"(《中国诗与中国画》)。比如"巴东三峡巫峡长,猿鸣三声泪沾裳。"如果作画,就只能表现"一声","三声"如何表现?这"就是莱辛所谓绘画只表达空间里的平列(nebeneinander),不表达时间上的后继(nacheinander)。所以,'画人'画'一水'加'两厓'的排列易,他画'一'而'两'、'两'而'三'的'三声'继续'难'"(钱锺书《读〈拉奥孔〉》)。他在这篇文章里对此有更为详尽的论述。

用莱辛的理论解释王维的画作,就无疑陷入就画论画的泥沼。

《卧雪图》虽然已经失传,但"雪中芭蕉"至今仍是个谜一样的话题,出现许多的猜测。"芭蕉乃商飙速朽之物,岂能凌冬不凋乎?"猜度此画"比喻沙门不坏之身,四时保其坚固也"(金农《冬心集拾遗·杂画题记》)。这样的猜度,颇有些令人费解。照此解释,就得回到莱辛的理论上去。对这种反常的、不合逻辑的画面,做望文生义的解释,显然是未读懂作者的心迹。就如浅白的民谣:"麻雀窝里生鹅蛋,耙田耙出野鸡窝,对门山上獐咬狗,后背园里菜吃羊,鸡公背起豺狗走……"把王维的"不问四时",理解成了"东扯葫芦西扯叶",其解释终于不能说服读者。

我观《卧雪图》雪中芭蕉,虽是"商飙速朽之物",不能凌冬而不凋,何以在雪中郁郁青青,不知岁寒之险恶? 这个思路,不能再往前走,否则进了死胡同。我理解此画意,是弘扬维摩诘世间与出世间不二法门。从表象上,无论何物,同处于世间,不离世间觉;从内涵上,无论愁苦(芭蕉自古为愁苦的象征,"无风无月晓梦长,起舞清影弄霓裳。芭蕉叶上无愁雨,只是听时人断肠"云云,谓具足世间愁苦)、欢乐、贫寒、富有,都将出世间,也都可以修成正果。"烦恼即菩提,不离生死而住涅槃",这种不二境界,在寒雪中得以昭彰。

正如维摩诘所言:尽管我在世俗中生活,但家人不纯粹是家人,"我母为智慧,我父度众生,我妻是从修行中得到的法喜。女儿代表慈悲心,儿子代表善心。我有家,但以佛性为屋舍。我的弟子就是一切众生,我的朋友是各种不同的修行法门,就连在我周围献艺的美女,也是四种摄化众生的方便"。维摩诘即便有妻有子过世俗生活,他也能和平共处,无垢相称,自得解脱。——这就是《卧雪图》所要解说的不二境界。

关于芭蕉,还有一层含义。在古印度,大乘经是书写在树叶上的,被称为"贝叶"。近代诗僧苏曼殊曾有一段考据文字:

　　"三斯克烈多"（Sanskrit，梵字）者，环球最古之文，大乘经典俱用之。近人不察，谓大乘经为巴利文，而不知小乘间用之耳。……就各种字中，那迦离（Nagari）最为重要，盖三斯克烈多文，多以那迦离誊写；至十一世纪勒石镌刻，则全用那迦离矣……天竺古昔，俱剥红柳皮即桱皮，或棕榈叶即贝叶作书。初天竺西北境须弥山，即喜马拉耶，其上多红柳森林，及后延及中天竺、东天竺、西天竺等处，皆用红柳皮作书。最初发现之"三斯克烈多"文，系镌红柳皮上，此可证古昔所用材料矣。

　　及后回部侵入，始用纸作书，而桱皮贝叶废矣。惟南天仍常用之，意勿忘本耳。桱皮贝叶，乃用绳索贯其中间单孔联之，故梵土以缬结及线，名典籍为"素怛缆"或"修多罗"，即此意也。牛羊皮革等，梵方向禁用之，盖恶其勿洁。

（《致玛德利庄湘处士》）

　　苏曼殊这一段考据，就很明白地说明最早的大乘经是用古老的梵文字书写在红柳树皮或棕榈叶和其他树叶上，桱皮贝叶，即指红柳皮。书写后用绳索穿贯其中间单孔，连在一起，珍藏起来，阅读时十分小心。梵方人认为用牛羊的皮革抄写经书不洁净，被禁止使用，故以树皮或叶子书写，即现今所谓贝叶。而芭蕉叶也在使用之列，唐人多用芭蕉叶作为书写材料，至大乘经传入中土之后，仍有以芭蕉叶抄写的。《卧雪图》以芭蕉苍翠立雪，也有大乘经入画的禅意在。

对王维诗画的"不问四时",可以看出他对维摩诘不二境界的领悟之深刻,他的画,整个儿是一幅幅超然世间也超然时空的空灵洁净的觉悟,对王维的《卧雪图》,我作如是观。

(原载于《文汇报·笔会》2017 年 11 月 27 日)

跋

　　这本小书包括我曾经写的一些新闻研究的认识和感想，以及曾经对一些来稿的意见，加以整理，编成一册，包括"量体裁衣""鸿儒谈笑""人在天涯""沧浪清浊"，俾能与同好切磋，抵掌交流。

刘克定

2018 年 3 月